文春文庫

江戸前浮世気質

おちゃっぴい

宇江佐真理

文藝春秋

目次

江戸前浮世気質

おちゃっぴい

町入能
まち いり のう

一

仕事帰りの初五郎が一石橋《いっこくばし》を渡る時、江戸城の外堀の水面は夕風のせいで少しさざ波が立っていた。

一石橋の下を流れる川はその外堀と繋《つな》がっている。少し川下にある日本橋は相変わらず人の流れが引きも切らない。一石橋から眺める初五郎には蟻《あり》の行列のようにも思えた。

梅の季節が終わり、そろそろ上野のお山では桜の蕾《つぼみ》がほころび掛ける頃になった。江戸はこれから春の盛りを迎えるのだ。

その日も一日よい天気で、大工の初五郎は比丘尼《びくに》橋近くの西紺屋町で玄能《げんのう》（金槌《かなづち》）を振るいながら額に汗が湧き出たものだ。

それでも仕事を仕舞いにする七つ下がり（午後五時頃）には昼間の暑さは嘘《うそ》のように引いて、うなじがひやひやしてくる。道具箱を肩に担ぎ、本石町《ほんこくちょう》の塒《ねぐら》へ帰る時は、いつもの埃っぽい風が初五郎の顔を嬲《なぶ》っていた。

帰りは比丘尼橋から一石橋までは北へ一直線の道程である。

外堀の向こうには江戸城の富士見櫓《やぐら》が見えた。

夕陽を浴びたその姿は、ほれぼれするほど美しい。富士見櫓というくらいだから、さぞかし、そこからは富士のお山がくっきりと眺められることだろう。

初五郎は朝な夕なに富士見櫓を仰いで暮してきたのだ。

お城の御用達《ごようたつし》の大工から、初五郎は城内の様子を聞いたことがあった。そりゃあ広くて、まごまごしていると迷子になりそうだと、その大工は言った。

どこもここも掃除がゆき届き、紙屑一つ、藁屑《わらくず》一つ落ちていない。幸運にも、ふと見掛けた御殿女中は椎茸髱《しいたけたぼ》の頭で、きれえな着物を着て、こってりと白粉を塗っていたそうだ。

ちょいと町中じゃあ、見掛けねぇ景色だったなあ。その大工は遠くを見るような眼で言った。

（違う景色か……）

初五郎は胸の中で呟《つぶや》いた。そんなものがあるのなら是非にも見たいものである。しかし、初五郎は知っていた。それができない相談であることを。

その御用達の大工から、うちの親方の所に来ないかと初五郎は誘われたことがある。

手間賃は高くなるし、お前ェの腕なら大丈夫やって行けると太鼓判を押された。

そっちに鞍替《くらが》えすれば、お城に入る機会はあるのだと、ふと思った。

大いに気は惹《ひ》かれたが初五郎はやはり断った。初五郎は今の親方に十二の時から世話になっている。一人前の大工に仕込んでくれたのも今の親方である。

来年の春からは長男の清吉《せいきち》に大工の修業をさせようかと初五郎は考えていた。それには、今の親方の所が都合はいい。仕事の合間に清吉に色々教えることができるからだ。

しかし、御用達の大工の親方の所に行ったら工期に追われ、そんな暇はなかった。それだからこそ手間賃が高いのも道理なのだ。

世話になっている親方はもう年寄りで、初五郎の腕を大いに頼みにしているところがあった。息子はまだ二十歳で親方を張るには心許ない。その息子を一人前の大工の親方にさせる責任も初五郎は感じていた。

御用達の大工の話を断った時は言い知れない未練のような気持ちが残った。お城が遠くになった気がした。所詮、お城と自分とは無縁のものなのだと初五郎は自分に言い聞かせたものだ。

自分は毎日、朝は明六つ下がり（午前七時頃）に裏店《うらだな》の住まいを出て、一日働き、暮れの七つ下がりには戻る。戻ると土間口で女房のおときが待ち構えている。おときは初五郎の道具箱と弁当を引き取る代わりに湯桶《ゆおけ》と一番下の息子の今朝松《けさまつ》を押しつけて寄こす。汗と鉋屑《かんなくず》にまみれた身体で家に入っちゃならないということだ。

今朝松の手を引いて初五郎は湯屋に行く。

湯屋は仕事帰りの職人でいつも満員御礼である。洗い場にようやく席を見つけて今朝松の身体を洗う。髪を洗う時はひと仕事である。

頭に湯を掛けると今朝松は派手な泣き声を上げるのだ。意気地なしの子供であった。「辛抱しな」と叱《しか》ると「父《とと》、帰りに飴玉《あめだま》買ってくれるか？」と泣きながらしっかりと訊《き》く。ああ、買ってやる。仕方なく言うと今朝松は唇を嚙《か》み締め、堅く眼を瞑《つむ》って泣くのを堪《こら》えるのだ。

湯に入って晩飯にありついても、三人の子供達が、やれ自分の皿の魚が小さいの、煮物に入っている菜っぱが喰いたくないのとうるさい。

おときは初五郎の耳ががんがんするほど子供達を怒鳴りつけるものだから、まともに相手をしていては飯が背中に入ったようで喰った気がしなくなる。初五郎はいつの間にか何も見ない、何も聞こえないという顔で飯を喰う癖がついてしまった。

そんな初五郎が城に対して特別な思いがあるなどと、おときと上の子供達は露《つゆ》ほども思っている様子がなかった。今朝松だけは「父、またお城を見ているのかい？」と訊《たず》ねることがあった。

「お城を見ているとなあ、気分がすっとするんだ」

初五郎は今朝松にそう言った。

「おいら、駄菓子屋を見るとすっとする」

今朝松は調子を合わせるように言って初五郎を笑わせた。

二

大家の幸右衛門《こうえもん》が裏店の連中に折り入って話があると言ってきた時は、連中は、さては店賃の値上げではないかと俄《にわ》かに色めき立った。

そんなことをされた日にゃ、こちとらの口が干上がっちまう。店賃を溜め込んでいる者に限ってそんなことを言う。

「よくも大きな口を叩《たた》けるものだ」

おときが憎々しそうに初五郎に言った。酒喰らいの桶職人の留吉《とめきち》のことをおときは指していた。

借りも貸しも嫌いなおときは店賃を溜め込んだことはない。おときはしっかり者の女房で通っていた。暮しに無頓着な初五郎だったから、おときはぼんやりなぞしていられなかった。どんぶり勘定で暮していたら、留吉ではないが本当に口が干上がってしまうのだ。借りをしないということは日々の暮しを自然に切り詰めることでもある。初五郎が給金を取って来る日には米も味噌も醤油も見事に空《から》になっているという具合であった。初五郎から給金を受け取るや、おときは脱兎《だっと》のごとく店屋に走るのだ。

だから初五郎の給金がいつもより遅くなったり、少ない時は文句が出た。夫婦喧嘩《げんか》の原因は大抵、銭のことばかりである。黙っておときの文句を聞いているのも限度というものがあったから、時には初五郎もおときの横面を張り飛ばして「そいじゃ、おれに泥棒して来いと言うのか！」と吠《ほ》えた。

しかし、おときは祝儀、不祝儀の金だけは惜しまなかった。初五郎の親方のお内儀《かみ》さんが死んだ時も、いの一番に香典を届けたのはおときだった。その時は初五郎も女房ながらおときに感心したものである。

そんなおときにとっても店賃の値上げは大いに困ることなので、どうしたらいいものかねえと初五郎に心細い声で訊いた。

「そんならそうで仕方がねェだろ？」

初五郎はそう応えるしかなかった。仕事さえ切れなければ店賃の十文や二十文、上がったところでどうということもなかった。仕事さえ切れなければの話であるが。

これが思わぬところで切れるのである。雨が続いたり、建主《たてぬし》が銭を払わなかったりの突発事故は今までも何度かあったのだ。

幸右衛門は晩飯の後で裏店の空き家に住人達を集めた。甚助店《じんすけだな》は十四世帯が肩を寄せ合って暮していた。集まったのは所帯主の亭主がほとんどで、女は料理茶屋に勤めているお紺《こん》という年増だけだった。

お紺は、その夜は茶屋を早引けして集まった亭主達に茶を淹《い》れる役目を引き受けた。おときはお紺に、もしも亭主達が遠慮して言いたいことも言えないようだったら、あんたがきっちり話をつけて下さいね、と因果を含ませたようだ。

幸右衛門は近頃、世の中が不景気で物騒だから戸締まりや火の用心に気をつけるように、という話から始めた。

幸右衛門は今年六十になる。十年ほど前まで日本橋の乾物問屋で番頭を勤めていたという。足腰もしゃんとしているし、眼も耳もしっかりしてとてもそんな年には見えなかった。六尺近い大男なのに、女のような仕種《しぐさ》がちょいと気になった。

彼の息子はやはり世話になった乾物問屋で番頭を勤めていた。幸右衛門はその乾物問屋を退《の》いてから人柄を買われ、甚助店の大家になったのである。普段は近くの自身番に詰めていた。八丁堀の役人とも顔見知りで、捕物があった時などかいがいしく手伝っている。

町触れが出た時も幸右衛門の口から甚助店の住人に伝えられていた。世話好きだが口うるさいので住人達には煙たがられている。

「やれやれ、前置きが長げェんだよな、大家さんの話は」

初五郎の隣りに座っていた左官職の熊吉《くまきち》が小声で呟いた。

空き家といっても十四人が入るとなると鼻がつかえるようだった。座敷に上がり切れない者が土間口に三人立っている。

立っている者の中には浪人の花井《はない》久四郎《きゅうしろう》がいた。花井は熊吉の言葉にふっと笑った。

花井は物静かな男だった。年の頃、二十七、八だろうか。甚助店に越して来て、まだ二年ほどしか経っていなかった。仕えていた藩が取り潰《つぶ》しになり、やむなく浪人となったという。国には頼るべき親戚もなく、江戸に留まって年若い妻と二人で内職などしながら糊口《ここう》を凌《しの》いでいた。

花井は口数は少なかったが裏店の連中と気軽につき合う男だった。顔が合えば気軽に挨拶《あいさつ》するし、誘えば縁台将棋にも応じた。年の暮れの餅搗《もちつ》きにも一緒に加わるし、溝浚《どぶさら》い、井戸換えにも快く応じた。

初五郎は、花井が嫌いではなかった。年は初五郎の方が七つ、八つ上である。それでも侍ということを振り回さず、裏店の生活に馴染《なじ》もうとする花井に、初五郎は好感と尊敬の念を持っていた。

幸右衛門は三月に入り、気候もよくなったこの時、京より勅使《ちょくし》が下向され、江戸城では恒例の御大礼《おんたいれい》行事が行われることを重々しく住人達に報告した。

「それが何《あに》、おれ達に関係あるだ？　こちとら猪口《ちよく》は知っているが勅使ってェのは知らねェなあ」

留吉は早くも一杯引っ掛けたような口調で言った。留吉は幸右衛門のすぐ前に座っていた。

「お勅使っていうのはつまり、偉いお方なんですよ。そのう……」

幸右衛門は途端に言葉に窮し、狭い座敷に並んでいる才槌頭《さいづちあたま》やら南瓜頭《かぼちゃあたま》やらを品定めするように眺め「ああ、花井さん。ちょいとお勅使を説明してくれませんか？」と首を伸ばして花井に言った。彼ならば武家社会のことに明るいと幸右衛門は思ったようだ。

住人達の頭が一斉に振り返って花井を見た。

花井は突然のことに戸惑った様子を見せたが、空咳《からせき》を一つ二つしてから静かな口調で話し始めた。低く透き通ったよい声である。

「勅使というのは京の朝廷から見えられる方のことです。天皇の使者ですね。昔、元禄の頃、赤穂藩の藩士達の討ち入りがあったことは皆さんもよくご存知ですね？」

――おお、それなら知っている。四十七士の討ち入りだがね。

――本所の吉良邸だったたな？

――討ち入りの前にゃ蕎麦《そば》喰ったんだとよ。

――やっぱり討ち入り前は蕎麦だよな。握り飯だと様《さま》にならねェ。

「これこれ、花井さんの話が途中ですよ。討ち入りで盛り上がっちゃ、話が進まないじゃないか。留、あんたが悪いよ。余計な半畳《はんじょう》を入れるから……花井さん、続けて下さい。皆んな、よく聞いておくれ」

花井は二、三度、眼をしばたたくと再び口を開いた。

「赤穂藩の藩主、浅野内匠頭《あさのたくみのかみ》殿は、その時、勅使下向のご馳走《ちそう》役を仰せつかって松のお廊下において刃傷《にんじょう》あそばされたのです。ご公儀にとって勅使というのは、もう最高のお客人ということなのです」

花井にそう言われても留吉ではないが、裏店の連中の顔には依然として、それがどうしたという怪訝《けげん》な表情が消えなかった。

「はいはい。皆んな、勅使はわかりましたね？　そいじゃ、わたしの話を続けるよ」

幸右衛門は連中の顔を前に戻させた。

「毎年、この季節にはお勅使が下向され、お城ではその接待に大忙しなんだ。それでね、そのお勅使に御能《ごのう》を見物させるという趣向もあるんですが、それはお勅使が江戸に到着して、御大礼の行事が始められた翌日のことになります。で、初日にですね、町入能《まちいりのう》といって、江戸の下々の者にもそのありがたい御能を見物させて下さるという上様の粋《いき》な計らいがあるんですよ」

「御能って何んだよ。玄能は知っているが御能てェのは知らないねェ」

初五郎と同じ大工をしている政次《まさじ》が言った。

——能ってほれ、おかめやひょっとこのお面を被《かぶ》って踊るあれじゃねェのか？

——おかめ、ひょっとこじゃねェだろ？　鬼とか般若《はんにゃ》じゃなかったっけ？

——違う違う。爺《じじ》ィの面だがね。

——芝居《しばや》と違うのか？

——芝居とは違う。くそおもしろくもねェもんだ。

——何んだ、つまらねェ。

また、ひとしきりうるさい。

「とにかく」

幸右衛門は少し大きな声で皆んなを制した。

「見りゃわかりますよ」

——え？

——へ？

——ほ？

「大家さん、もしかしておれ達が、その御能って奴を拝見できるんで？」

政次が途端に座り直して訊いた。すると胡座《あぐら》をかいていた者は政次の真似をして次々と正座した。

「そうですよ。あんた達、いったい何のことだと思っていたんです？」

「そのう……店賃の値上げじゃねェかと」

留吉が頭を掻《か》いて言った。

「馬鹿言っちゃいけませんよ。ただでさえ滞《とどこ》りがちな店賃を値上げしてどうするんですか。うちの家主《やぬし》さんはここの店賃なんて当てにしている人じゃないから安心おし」

幸右衛門は大家と言っても家主ではなく、甚助店の管理を任されている管理人に過ぎない。家主の顔は、住人の中でも知っている者は少なかった。

「当てにしてねェ店賃なら、ついでに只ってことには……ならねェやな」

「留、調子に乗るんじゃありません。家主さんの暮しに関《かか》わりがなくても町内の掛かりってものがあります。木戸番の番太郎に払うものやら、道の補修やら、火事が出た時の炊き出しやらと色々あるんですよ」

「へい、申し訳ありやせん」

留吉は殊勝に頭を下げた。

「今まではね、その御能見物も町内の町年寄、五人組が招かれていたんですが、毎年のことですからねえ。正直言って飽きていらっしゃるんですよ。それでね、この度は、この皆さんが見せていただいたらどうかって話になったんですよ」

「そ、そいじゃ、おれ達、お、お城で御能見物ができるんで？」

留吉はうわずった声を上げた。

「そうですよ」

幸右衛門があっさり応えると、連中から「おお」というどよめきが起きた。聞いていた初五郎の頭にも、かッと血が昇ったような気がした。憧れ続けていた城に行ける、城の中に入れるのだと思った。初五郎はごくりと生唾《なまつば》を飲み込んで幸右衛門のでかい顔を凝視した。

「ねえ、ありがたいお話じゃないですか。皆んな、粗相のないように行儀よくして拝見させていただくんですよ」

「へい！」と、この時ばかりは甚助店の連中は声を揃えて応えた。

「それでね、仮にもお城に上がるんですから恰好《かっこう》というものがあります。股引《ももひ》き半纏《はんてん》なんかで伺っちゃ失礼になります」

「恰好というと紋付ですかい？」

初五郎は心配になって幸右衛門に訊ねた。そんな気の利いたものは持っていなかった。

「そうですね、紋付でなくても羽織があればいいと思いますよ。着流しっていうのはどうもねえ……湯に行って身体をきれいにして、髪もね、ちゃんと結って貰いますよ」

「大家さん、お言葉ですが、この甚助店でまともな恰好ができると言ったら花井さんぐらいのもので、後は……」

初五郎は心細い声で言った。皆んなの顔が一斉に肯《うなず》いた。花井は途端に慌てて「いや、わたしも生計《たつき》のために紋付、裃《かみしも》の類はとっくに手離しております。お恥ずかしい限りですが」と言った。

「恰好が駄目な時は御能は拝見できねェってことですか?」

初五郎は興奮した声で幸右衛門に詰め寄った。一世一代の機会を恰好のためにふいにするのは悔やんでも悔やみ切れないことだった。

「初さん、そう突っ張らかっちゃいけませんよ。どうだね、皆んなも恰好には自信がありませんか?」

幸右衛門が訊ねると、へいへい、と連中の顔がまた一斉に肯いた。

「仕方ありませんね。じゃ、こうしましょう。借り着にするんですよ。借り着屋をここに呼んで適当な物を見繕って貰いましょう」

「大家さん、借り着する銭がありやせん」

留吉が心細い声で言った。初五郎も余分な銭には自信がなかったが、その時はおときに頼み込んで何とかして貰おうと胸の中で算段していた。

「しようがない男だねえ。いざという時、少しぐらい余分な物を残して置かなくちゃ駄目だといつも言ってるじゃないか。この世の中、明日は何があるか知れたものではないんだよ……しかし、そうは言っても急なことであんた達の都合というものもある。……

じゃ、こうしましょう。わたしが家主さんと町年寄に掛け合って借り着の手間賃を出させるようにしますよ。それならいいでしょう？　ここの連中が借り着もできずに御能を辞退したとなったら町内の恥ですからね。きっと出して下さいますよ。何しろ御能見物はあの人達の代わりに行くんですからね。それぐらいしても罰《ばち》は当たらないでしょう。退屈な物を見せられて……おや、わたしとしたことが余計なことを」

幸右衛門はいかにもまずいことを言ったというように慌てて、その大きな掌で口を覆った。

その日の御能見物の打ち合わせはそれで終わりだった。甚助店の連中は少し昂揚した気分で空き家を出るとそれぞれの塒に戻って行った。二、三人、外で立話をする者もいた。

初五郎は花井と一緒に空き家を出た。

「花井さん」

初五郎は花井に声を掛けた。能のことをもっと知りたかった。

「はい、何ですか？」

「あんたは御能を見たことがあるんですね？」

「はい。国にいた時は毎年、薪能《たきぎのう》がありましたから」

「薪能？」

「夕方から夜に掛けて行われる能のことです。篝火《かがりび》を焚いて行うものです」

「さいですか。あっしは何から何までチンプンカンプンでさっぱり埒《らち》が明きやせんや」

初五郎は小鬢《こびん》を掻きながら照れ臭そうに言った。

「でも、初五郎さんはお城に入れるので大層楽しみなのではないですか？」

「え？」

「これはご無礼致しました。いや、わたしは時々初五郎さんがぼんやりお城を眺めていらしたのを見て、ああ、お城が好きなんだなあと思っておりました。違いましたらごめんなさい」

「いや、そ、その通りですよ。敵わねェなあ花井さんには……」

初五郎は花井の観察眼に畏《おそ》れ入る気持ちだった。

「お城を眺める初五郎さんは何ともいい顔をなさっていました。それを見て、わたしは初五郎さんがますます好きになりました」

「好きになったって……おいらには嬶《かか》ァもいますし餓鬼もいるもんで」

「初五郎さん、意味が違うでしょう？　悪い冗談だ」

花井はそう言ったが眼は笑っていた。

「どうですか、ちょっとお寄りになりませんか？　能のことを少しお話し致しましょう」

花井は気さくに初五郎を自分の所に誘った。

初めてのことだった。

「いいんですかい？　そいじゃ、お言葉に甘えてちょいとお邪魔致しやす」

初五郎は花井の後からついて行った。

花井の所と初五郎の塒は向かい合う。間口九尺、奥行き三間《げん》の棟割り長屋は同じ広さというものの、子供のいない花井の所は整然と片付いていて気持ちがよかった。

「おいでなさいませ」

花井の妻のみゆきが丁寧に頭を下げた。みゆきはまだ二十歳を過ぎたばかりである。めぼしい衣裳は質屋に持って行き、みゆきは裏店の女房連中とさして変わらない恰好をしていたが、行儀のよさ、品のよい仕種はやはり武家の女だと思わせるものがあった。それにとにかく可愛らしかった。濡《ぬ》れたような黒目がちの瞳、形のよい鼻、ちんまりとした唇は雛《ひな》人形のようであった。

座敷に上がるとみゆきは初五郎に座蒲団を勧め、流しに下りて茶の用意を始めた。

壁際に置いた文机《ふづくえ》には花井の内職の道具が拡げられていた。花井は子供の下駄の台に、ちょっとした絵を入れる仕事をしている。小刀で風景や草花の輪郭を描き、そこに絵の具で色を入れるのだ。絵が入っているだけで下駄の売れ行きは違うそうである。誰でもできる仕事ではなかった。絵心のある花井だから下駄屋は重宝して仕事を回してくれるのだ。

「奥さん、構わねェで下さい。すぐに帰りますから」

初五郎はみゆきの背中に言った。

「ゆっくりなすって下さいまし。ちょうど、うちの人も仕事がひと区切りしたところですから」

「へへ、うちの人ですかい？」

「いやですよ、初五郎さん」

「奥さんのような美印《びじるし》においらも、うちの人と呼ばれたら、どんなにいい心地がしやすでしょうね」

「おときさんだっておきれいですよ」

「冗談言っちゃいけやせん。うちの嬶ァがおきれえなら、道端の石ころは皆、おきれえになっちまいますよ」

「まあ……」

みゆきは一瞬、呆気《あっけ》に取られたような顔をして、すぐに喉の奥から鈴のような声を洩《も》らして笑った。

「そんなに笑うものじゃないよ。初五郎さんは謙遜《けんそん》しているだけの話なのだから」

花井は妻を窘《たしな》めた。

「でも……」

みゆきは笑うのを止められなかった。

「笑い上戸なんですよ、こいつは」

花井は苦笑しながら言った。

「ここの人達はどなたもおもしろいことばかりおっしゃるんですもの。もののたとえがふるっていて……あなただってお腹を抱えて笑うことがあるじゃありませんか」

みゆきはまだ肩先を震わせながらそう言った。

「あっし等は育ちがよくねェもので、とても花井さんのように気の利いたことは言えねェんですよ。せいぜい、人を笑わせる冗談を言うのが関の山ですよ」

「それがいいんですよ。笑いは大切なものです。人との付き合いに笑いは欠かせません。特にこの裏店においてはそうです。わたしも色々勉強になります」

花井が真面目くさって言った。

「そんなもんですかねえ。えと、花井さん、そいじゃ御能のことをご教示して下せェ」

「はいはい」

「御能って何のことです？」

みゆきは茶の入った湯呑を初五郎と花井の前に置きながら訊いた。

「江戸城で町入能があるんだよ。それに甚助店の人達が招かれるのだ」

「まあ、あなたもですか？　困りましたわねえ、紋付、裃はとっくに……」

みゆきは急に眉根《まゆね》を寄せた。

「奥さん、案じることはありやせんよ。皆んな、借り着することにしたんですから。それも家主さんの掛かりでね。あっし等は手間入らずでお城に御能見物という訳ですよ」

「まあそうですか」

みゆきは安心したようにふわりと笑った。春の菜の花のように可憐《かれん》な笑顔だった。

花井は煙草盆を引き寄せ、煙管《きせる》に刻みを詰めると、小さな火鉢の炭で一服点《つ》けた。白い煙を吐き出しながら「町入能で演じられる物と言えば、恐らく『翁《おきな》』『三番叟《さんばそう》』『田村』『東北《とうぼく》』あたりで、能の演《だ》し物としては難しいものではありませんから初五郎さんにもわかりやすいと思いますよ」と言った。

「芝居とどう違うんですか？」

「能の場合、主役をシテと言いますが、能面をつけるのはシテだけです。で、このシテに因縁を訊ねたりして、見ている客を物語の世界に誘《いざな》う役をワキと呼びます。ワキは文字通り脇役のことです。シテというのは大抵、この世に未練を残して死んだ霊である場合が多いのです」

「怪談ですかい？」

「いや、そんなおどろおどろしいものではなく、何んというか幽玄の心地のするものなのですよ。しかし、能の話はあの世とこの世を繋ぐものが多いですから怪談というのも当たっているかも知れません」

　花井はカンと灰落としに煙管を打ちつけた。

　何を切り詰めても花井は煙草だけはやめられないようだった。その代わり、酒は滅多に飲まない男だった。みゆきは花井の傍《そば》に座って興味深そうに二人の話を聞いていた。

「たとえば『東北』というのは旅の僧が東北院の梅に見惚《みと》れておりますと、里の女が現れて、その梅は和泉式部という名の梅だと告げるのです。僧はその梅に読経を唱えると和泉式部がありし日の姿で僧の前に現れるのです」

「そいじゃ、和泉式部はシテで僧はワキということですね」

「そうそう、そうです。和泉式部の霊は僧に昔の話をあれこれと語り、やがて去って行くのです。僧はそこで夢が醒《さ》めるのです」

「夢の話になるんですか？」

「簡単に言えばですね。しかし、演じるシテが名人ならばぐっ、と引き込まれます。まあ退屈と感じる人はどこまでも退屈なものなのですが」

「衣裳も手にする扇も豪華ですばらしいものでしたわね」

　みゆきも能見物はしたことがあるようで眼を輝かせながら言った。ふっと花井の顔に寂しい影が差したと初五郎は思った。何の憂いもない時にみゆきと一緒に見た能は、今の花井にはむしろ辛《つら》すぎる思い出になるのかも知れない。初五郎は慌てて口を開いた。

「舞台てェのは外にあるんですかい？」

「はいそうです。江戸城では大広間から見える所にあるはずです。ご公儀の役人はそこから御能を見物して、我等は白州で見物することになるでしょう。ああ、初五郎さん、お茶を飲んで下さい」

「へい、いただきやす」

初五郎は幸右衛門の話を聞きながら二杯も茶を飲んで腹はがぼがぼだったが、花井の勧めに遠慮しては悪いと思い、湯呑に手を伸ばした。

「舞台は芝居のようなものですかい？」

「そうですね、今の芝居は能の舞台から取り入れていますから共通するところは多いと思います。花道というのがありますね、あれを能では橋掛《はしが》かりと言います。しかし、この橋掛かりはあの世とこの世を結ぶ意味がありまして、橋掛かりに近づくと姿が消えたということにもなるのです」

「はあ、そうですかい」

そういう約束事も初五郎にはよく理解できない。

「舞台の後ろにはアト座と言って囃子方《はやしかた》が座ります。横は地謡座《じうたいざ》です。この人達の声もすばらしいですよ。腹の底から声を出すのでこちらの耳にびんびん響きます」

「はあはあ」

「初五郎さん、百聞は一見に如《し》かずと言います。まずはごらんになってからのことです。きっと初五郎さんにもよい経験となることでしょう。一緒に江戸城に行きましょう」

花井はその時だけ力強く初五郎に言った。

能見物よりも初五郎の夢が叶《かな》うことを心から喜んでいる様子だった。

三

それからひとしきり、甚助店では能見物の噂《うわさ》で持ち切りであった。井戸端に集まる女房達の話題も能のことなら、仕事帰りに居酒屋で管《くだ》を巻く留吉の自慢話も能になっていたようだ。彼の口からのう、かい、という言葉が出ない日はなかった。

初五郎も仕事場で朋輩の大工にその話をして大いに羨《うらや》ましがられたものだ。

花井久四郎だけはいつもと同じで淡々と内職に精を出していた。甚助店で能のことがわかる人間と言ったら、この花井しかいなかったのだが。

幸右衛門が借り着屋を連れて来たのは、町入能が開かれる三日前のことだった。

借り着屋は大八車で荷を運んで来た。何しろ十四人分の衣裳であるから並大抵ではなかった。それはわかるが、借り着屋は何を考えて持って来たものやら、奇妙きてれつな物ばかりだった。裏店の住人達はまた空き家に集まって衣裳の品定めをしたのだが、羽織が決まってもその下に合わせる着物がない。

その反対に着物がよくても羽織がないというお粗末さだった。

「何んでェ、何んでェ。半端物《はんぱもの》ばかり持って来やがって」

魚売りの梅助が借り着屋に毒づいた。瘦《や》せた中年の借り着屋は鼠《ねずみ》のような顔をびくびくとさせながら「お客さん、これでも数を揃えて来たつもりなんですよ。御能見物は他の町内の方もいらっしゃるんですから。その方達にも御用を頼まれておりますので、うちとしてはこれが精一杯なんでございますよ」と言った。

「梅、我儘《わがまま》を言うんじゃありませんよ。ほんの半日のことじゃないか。見苦しくなきゃいいんですよ」

幸右衛門はこの前、恰好はそれなりにしなけりゃならないと言った言葉をあっさりと忘れ、いい加減なことを言っていた。幸右衛門も御能見物の打ち合わせやら準備やらで疲れていたのだろう。甚助店の連中が何を着ようが、もはや構ったことではないという様子が見えた。

「それにしても派手なもんばかりだなあ」

初五郎は溜め息をついた。渋い縞物でもあったらそれにしようと思っていたのに、借り着屋が持って来た物は縞は縞でも芝居小屋の定式幕《じょうしきまく》のように太い奴で、おまけに色も目の覚めるような鶯《うぐいす》色だの山吹色だのという按配《あんばい》だった。

「お侍さん、お侍さん」

借り着屋は部屋の隅につくねんと佇《たたず》んでいた花井に声を掛けた。

「あなたには裃を着て貰いましょう。裃が似合うのはあなたぐらいのものですからねえ」

借り着屋が取り出したのは縹《はなだ》色の麻裃だった。初五郎はその裃に付いている紋を見て、ぎょっとなった。三升《みます》の紋であった。

「こら、借り着屋、裃はいいが何んだその紋は？」

「三升ですよ。いけませんか？」

「いけませんかってお前ェ、三升ったら団十郎の紋じゃねェか。誰が花井さんを団十郎にしろと言った」

市川団十郎、もとの海老蔵の紋所であった。団十郎は、お江戸の「飾り海老」と称される千両役者である。能のことには疎い裏店の住人でも芝居の役者のことを知らない者はいない。

「初五郎さん、わたしなら何んでもいいですから。誰もわたしのことなど見ている人はおりませんから、これで結構ですよ」

花井は気色ばんだ初五郎にそう言った。

「そうですかい……袢はいいとして、中に何を着せようというのだ？」

初五郎は借り着屋を睨《にら》みながら言った。

「そうですねえ……これなんかいかがです？」

借り着屋は黒地に白いあられ小紋の小袖を取り出した。思わずぷッと初五郎は噴《ふ》いた。

「いい加減にしねェか。こんなできそこないのお小姓みてェなの」

「申し訳ありません。あいにくここにあるだけなんで……」

借り着屋はあいにく目つきで頭を下げた。

「いいです、いいです。初五郎さん、わたしはこれに致します」

「花井さん、ですがこれじゃあ……」

初五郎はせめて花井にだけはまともな恰好をさせたかったのである。花井はその袢とあられ小紋の小袖を引き寄せて、もはや安心した顔になっていた。育ちのいい者はどこまでも鷹揚《おうよう》なものだと初五郎はまた溜め息をついた。初五郎も花井に倣《なら》ってそれ以上文句は言わず、定式幕縞の着物と、ぞろりと丈の長い黒紋付で我慢することにした。

留吉は、やたらはしゃいでいた。裏に紅絹《もみ》の貼ってある花色の着物を選び、羽織も鶯色の派手な物であった。

「留、いくら何んでもそれは派手じゃないのかねえ。御能見物というより花見だよ、それじゃあ」

幸右衛門が呆《あき》れて言った。

「いいんですよ。こちとら普段は着たきり雀《すずめ》ですからね、たまにゃこういうパアッとしたもん着て、気分を変えねェとね」

「気分をねえ……」

幸右衛門は納得できない顔で留吉を見ていたが、それ以上何も言わなかった。

政次の羽織は黒白の市松模様、お紺は何と花嫁衣裳であった。

「あたし、一度これが着てみたかったんだわあ。死んだ亭主とは祝言《しゅうげん》挙げてないからさあ」

お紺は亭主を病で亡くしてから女手一つで三人の子供を育てていた。

「あやあ、お紺さん。うっかりして祝儀袋を忘れちまいましたよ」

留吉がからかう。

「後で届けておくれでないか」

お紺はすっかりその気である。

「三十島田というのは聞いたことがあるが、四十島田はちょいと聞かねェなあ」と熊吉。

「うるさいねえ」

「政次、お前ェ、いつ飴屋になった？」

梅助が政次の市松の羽織を見て訊いた。

「へへ、ついでに帽子被ろうか？」

政次は飴屋のしなを作った。

「どうでェ、おいらの袴《はかま》」

熊吉が胸を張った。袴の裾から一寸も太い毛臑《けずね》がにょっきり覗《のぞ》いていた。

全く滅茶苦茶だった。初五郎は意気消沈していた。本当にこいつ等はこんな恰好で江戸城に行くのかと思った。

花井はそんな初五郎を励ますように「初五郎さん、皆んなで行けばそれでいいんですよ。恰好なんてどうでもいいじゃありませんか」と笑った。

「皆んなで行けば怖いものなしってことですかい？」

「そういうことです。要は楽しめばいいのですから」

「そんなもんですかねえ」

初五郎は妙に機嫌のよい花井に対していつまでも情けない表情が消えなかった。

四

御能の行われる日はいい按配に天気になった。甚助店の御能見物の一行は五つ（午前八時）に裏店の門口を出た。女房連中は派手に一行を見送った。おときは、よせというのに初五郎に切り火をする始末だった。

先頭は大家の幸右衛門だった。彼だけがまともな紋付姿で、その後ろの一行は俄か御家人あり、団十郎崩れあり、野暮通人あり、幇間《ほうかん》、落語家、若隠居、年増花嫁と、どいつもこいつもおかしな恰好ばかりであった。髪結床で妙な髪型に結った者が多かったので、なおさら変、なのである。一人で歩いていたなら初五郎は恥ずかしさで顔を上げられなかっただろう。しかし、集団となれば怖いものなしというのは本当で、一行は意気揚々と城を目指したのである。

一石橋を渡り、呉服橋御門を抜け、内堀の大手門に至る、ほんのひと歩きである。通り過ぎる人々は皆、この一行に怪訝な眼を向けていた。

一石橋を渡った時、初五郎の眼にはいつものように富士見櫓が見えていた。その日は見るだけではない。間近にそれを仰ぐことさえできるのだ。そう思うと何やら胴震いのようなものが初五郎を襲っていた。

大手門前に到着すると幸右衛門は門番に御能見物の一行であることを告げる切手（通行証）を差し出した。門番はそれを慇懃《いんぎん》に確かめ、人数を数えると「通れ」といかめしく言った。

「へへ、お勤めご苦労さんです。今日はいいお日和《ひより》で」

留吉は門番に愛想を言った。「留！」と幸右衛門が留吉を制した。余計なことは言うなどということである。

大手門を通ると下乗門があり、さらに中の門と門が続いた。

「大家さん、門を潜《くぐ》って、それで最後は裏口ってェんじゃないでしょうね」

熊吉は早くも不平を洩らしている。中の門の所で初五郎は花井に富士見櫓を教えられたが、それはあまりに高く聳《そび》え立っていたものだから、いつも眺める富士見櫓とは勝手が違うように思えた。

石段を上ると中雀門《ちゅうじゃくもん》で、ようやく本丸の玄関に到着であった。

「はいはい。これが本丸御殿ですよ。熊、お玄関の方に行っちゃいけません。そこはお城のお侍しか入れないんですからね。わたし達はこちらですよ」

車寄せ前の塀重門《へいじゅうもん》が開いていた。先に到着していた町人達の喧騒がざわざわと感じられた。塀越しに能舞台が見えた。甚助店の一行は「おお」と歓声を上げた。

見物席に座る前に、塀重門の所にいた裃姿の侍から住人達は傘を一本ずつ渡された。別の侍からは弁当の折詰を、さらに別の侍からは竹筒に入った酒を渡された。留吉はすっかりご機嫌だった。

「詰めて座るんですよ。後から来た人の迷惑にならないようにね。熊、人の頭、跨《また》いじゃいけませんよ。詰めて、詰めるんですよ」

幸右衛門は金切り声を上げて甚助店の住人に注意した。

「花井さん、弁当はわかりやすが、傘は何の謎ですか？」

初五郎は青竹で囲った見物席に腰を下ろしてから花井に訊ねた。

「ここは天井がないでしょう？　もしもの雨の用心にですよ」

「へえ」

「能に限らず、茶の湯でも傘の用意は欠かさないものです。それが招く者の礼儀です」

「そんなもんですかねえ」

初五郎はいちいち感心した。町人達の席は能舞台の脇に設《しつら》えてあった。正面はもちろん大広間に向けられている。

町人達は真横から能を観劇する格好になる。

初五郎の座った所は見物席の真ん中辺りだった。能舞台の後方には見事な老松《おいまつ》の絵が描かれていた。

「初五郎さん、舞台の下に小さな梯子段《はしごだん》があるでしょう？　あれはキ、ザ、ハ、シと言います」

花井は初五郎にそう教えた。

「キザハシねえ」

「そうです」

名前はわかったが、そのキザハシなるものが何のためにあるのか初五郎にはわからなかった。

初五郎の目線の向こうは石垣の上に入子下見壁《いれこしたみかべ》が左右に拡がっていた。ちょうど舞台の左側になる。壁の外に植わっている松の樹《き》の枝がいいあしらいとなって見えていた。

「ああ、いい天気だ」

花井は空を見上げて言った。春の風がすいっと吹いて、薄青い空が筆で刷《は》いたような雲を浮かべて頭上に拡がっていた。見物席の右手の大広間は扉がすべて開放されていた。まだ人の影はない。常盤様《ときわよう》と称される鎌倉武家の殿舎の形式をとった建物である。

すべて白木造りであった。商売柄、初五郎は入母屋《いりもや》ふうの妻など、見慣れない建築様式を興味深く眺めた。これを造るとなると金に換算してどれほどになるか、考えただけで気が遠くなりそうだった。

やがて城の家臣が大広間にぞろぞろと集まって来た。皆、いかめしい顔つきをしていた。

老中らしい年寄りの家臣が現れると、町人達の席から声が掛かった。

――よッ、爺さん。転ぶんじゃねェぞ。

花井は初五郎の横で小さくぷッと噴いた。

初五郎の左隣りは花井で右隣りは熊吉だった。前には幸右衛門のでかい頭があった。

舞台を見るには少し邪魔だった。

　年寄りの家臣は見物人の声がまるで聞こえないという表情で、自分の場所に作法通り座った。

　キザハシの前には敷物が敷かれ、それが本殿まで続いている。中年の家臣が大広間から出て来ると、敷物を間に三名ずつ向かい合って座った。どういう意味なのかもちろん初五郎にはわからない。警護のためなのかも知れないと思った。こちらの家臣にも大向こうの声が掛かった。

　――いいぞ、色男。その面《つら》で何人、女を泣かせた？

　どっと見物席から笑い声が起こった。花井も腹を抱えて笑った。熊吉は嬉《うれ》しさで眼をしばしばさせている。

「そんなにおかしいですかい？」

　初五郎は花井に訊ねた。初五郎にとって、その程度の冗談では腹を抱えるほど笑えない。職人同士のやり取りによくあることだったからだ。

「何んと言いましょうか、わたしがお務めをしていた頃には考えられなかったことです。屈託がないと言うか、おおらかと言うか……初五郎さん、わたしは浪人になった時、前途を思って目の前が暗くなったものですが、甚助店で暮す内、そんなことは大したことではないと思えるようになったのです。町人の暮しも捨てたものではありません。何しろ気楽です。これがたまりません。言いたいことを言って、やりたいことをやる。これ以上のことはありませんよ」

花井のその言い方は無理をしているようには聞こえなかった。花井が侍だった時はそれなりに苦労してお務めに励んでいたのだろうと思った。

見物席からの冗談口は止まらなかった。お数寄屋坊主《すきやぼうず》の姿が見えると「坊主、坊主」とからかい、若年寄ふうの青年の家臣が出て来ると「若いの、芳町《よしちょう》に行けばいい稼ぎができるぜ」という始末である。芳町は蔭間茶屋が多い。もう大変な騒ぎ方であった。用もないのに傘を開いたり閉じたりする者もいた。

能が始まるまでおとなしく待てないのは素町人の堪え性のなさである。しかし、さすがに町奉行が出てきて見物席に向かって「静かに致せ！」と一喝すると、場内は水を打ったように静まった。町人にとって、町奉行その人だけが畏れ多いただ一人の人だった。

いきなり能は始まった。初五郎はそんなふうに感じた。芝居小屋のように柝《き》が入る訳でもなかった。幕もない。掛け声も鳴り物もなしで突然に能面をつけたシテが橋掛かりに登場していた。

題目は「高砂」。高砂の松の木陰を掃除している年寄りの夫婦は住吉明神の化身と高砂明神の化身であるという筋であった。それは地謡座のうたう言葉から推測された。非常に大きな声なので一里先にも聞こえようというものだった。幸右衛門の頭がやはり、ちょい邪魔だった。

高砂の松と住吉の松は二組で一つのもの。住吉明神の夫は高砂明神の妻を訪ねて行ったのだった。それから夫婦はワキの神主に促されて高砂から住吉に舟出するのである。この時に初五郎も聞き覚えのある「高砂や〜この浦舟に帆をあげて〜」の謡が朗々と流れた。

そうか、祝言の時の謡はこれだったのかと初五郎は納得したものだ。見物席では一緒に唱和する者もいた。

花井の肩に首をすり寄せるようにして見ていた（何しろ幸右衛門の頭が舞台をほとんど塞《ふさ》ぐ感じだった）初五郎は、ふと花井の眼が濡れているのを感じた。

花井は自分とみゆきの行く末を「高砂」に見ていたのだろうか。それとも、みゆきと祝言を挙げた幸福な時を思い出していたのだろうか。初五郎は何も言わず懐から手拭を出して花井に渡した。

「あいすまぬ」

花井は手拭を受け取ると、それを眼に押し当ててさらに咽《むせ》んだ。

二つ目の「東北」辺りから、初五郎は大広間から注がれる視線を感じた。横に眼がなくても、じっとこちらを窺《うかが》う気配はそれとなく感じるものである。

大広間の方を向くと、その気配は一瞬、なくなる。しばらくするとまた気配を感じた。

何度か大広間の方に初五郎は視線を泳がせた。仕舞いには隙を窺ってきッと振り向く仕種になった。

「何んだよ、初さん」

熊吉が怪訝そうに訊いた。

「いや、何んでもねェ。肩が凝《こ》っちまってよう」

「んだなあ、おいらもちょいと肩が凝っちまってる」

熊吉は初五郎と同じように時々、きッと大広間を振り向くようになった。この馬鹿、と思ったが何も言わなかった。

やがて、大広間の椽《えん》のところに座っている中年の家臣が怪しいと感じた。椽は大広間の座敷を囲うようにぐるりと巡らしてある。そこに控えの者のような家臣が大広間と直角になる格好で何人も座っていた。男はその中の一人だった。敵もさる者。初五郎が振り向くとさッと首を縮めた。きッ、さッ、きッ、さッ……さッ、きッ、きッ、もう一度、きッ。それで勝負があった。幸右衛門に負けないほど顔の大きな男が初五郎の突き立てた人差し指に観念して頭を掻いた。

その男は初五郎ではなく、花井を見ていた様子だった。初五郎は花井の袖を引いて、その男の方に注意を促した。男の方から先に小さく頭が下げられた。最初は怪訝な表情の花井だったが、やがて男の顔に心当たりがあるようで、花井もようやく頭を下げた。男の口が「あ、お、え」と言っていた。それから「あ、え」と続いた。

「花井さん、あの男は何か言ってますぜ」

「後で、待て、と言ったんですよ」

「なある……」

いつの間にか「東北」は終わっていた。最後の「西行桜」になると見物人はすっかり退屈しきって欠伸《あくび》がそこここで洩れていた。また用もないのに傘を開く奴がいた。

「西行桜」のシテが橋掛かりから鏡の間に消えると見物席の町人達の顔には、やれやれようやく終わったという安堵《あんど》の表情が見えた。

大広間の家臣が退出すると後ろの者から順に帰ることになった。

中雀門の石段でさきほどの侍が花井を待っていた。初五郎を見ると照れたように笑った。

年甲斐《としがい》もなく、子供のようなことをしてしまったからだ。初五郎もそれは同じだった。

初五郎はその侍に頭を下げた。侍は肯いて、すぐに花井に声を掛けた。甚助店の住人達は少し離れた所で二人の話が終わるのを待った。

「ずいぶん捜しましたぞ、花井殿。今までいったいどこに居られましたか？」

「かたじけない。拙者《せっしゃ》、浪人に身を落としておりますれば、ご挨拶に伺うのも遠慮しておりました。その節は色々とお世話になりました」

「いやいや、そのようなこと……拙者、花井殿のことはずっと案じておりました」

「もったいないお言葉。三戸《さんのへ》殿もご出世あそばされたようで、殿中でお会いするとは思ってもおりませんでした」

「何が殿中でござるか。他の役人は明日からの大礼の準備の打ち合わせに忙しく、拙者のような者まで駆り出されたという次第でござる。そうそう、拙者、今は小姓組の一人として公務に励んでおりまする」

「それはそれは……」

「それでの、花井殿」

三戸と呼ばれた侍はつと花井に近づき、彼の耳許に何やら囁《ささや》いた。花井の顔がその瞬間、紅潮した。

――ほらみろ、花井さんはあの恰好をからかわれた様子だぜ。

――そうでもねェだろ。帰りにちょいと一杯と誘われたんじゃねェか？

――そいじゃ、何んであんなに恥ずかしそうな顔になる？

――そうだなあ。ちょいと謎だなあ。

甚助店の連中は口々に花井と侍のやり取りを臆測していた。

やがて紅潮した顔のまま花井は連中の傍に戻って来た。三戸は何んと初五郎に手を振っていた。初五郎も控え目に手を振ってそれに応えた。

「初、何んですか、お侍さんに向かって」

幸右衛門がすぐさま小言を言った。

「ですが、向こうから手を振って来たんですぜ」

初五郎は不服そうに口を尖《とが》らせた。

「大家さん、いいんですよ。あの方はおおらかな人で、初五郎さんに親しみを感じてそうしただけですから」

花井は初五郎を庇《かば》った。

「そうですか……そいじゃ、皆んな、揃ったね？　いない人はいないでしょうね」

「いない人はいないってどういうことだよ」

熊吉が思案顔して言った。

「そりゃ、お前ェ、いない奴はいないかってことだよ」

留吉が応えた。

「…………」

「じゃ、戻りますよ。ちゃんと並んで歩いて下さいね」

幸右衛門はまた先頭に立って歩き出した。

初五郎は草履の下の玉砂利を踏み締めながら花井と肩を並べて歩いた。

「さっきのお侍さんは花井さんに何かおっしゃったんですか？」

「…………」

「いえ、言いたくなけりゃ言わなくていいんですがね。あっしはまた、花井さんのその恰好をからかわれたんじゃないかとちょいと心配になったもので」

「そんなことではありませんよ。三戸殿は結構似合うとおっしゃっておりました」

「へ」

「初五郎さん、聞いて下さい」

花井がそう言った途端、前を歩いていた連中の耳が兎《うさぎ》の耳のように立ち上がったと初五郎は思った。

「あの方は三戸三太夫《さんだゆう》殿とおっしゃいます」

――三戸三太夫だと。三三のぞろ目だな。

――初さんと御能の最中に「達磨《だるま》さん転んだ」をやったんだとよ。

――へ、あのでかい顔で？

「留、熊、余計なことを言うんじゃありません」

幸右衛門が振り向いてぴしゃりと二人を制した。

「実はわたしが仕えていた藩がお取り潰しになった時、残務整理のためにわが藩にお越しになった方なのです。あの方はご公儀のお役人です。わたしは右筆《ゆうひつ》役を仰せつかっていましたので、最後の最後まであの方とお付き合いする形になりました。あのような方ですから、わたしはすぐに気が合いました。あの方もわたしと同じ気持ちでいられたようです。あの方はわたしの身の振り方を大層気に掛けて下さいました。いずれかの藩に仕官が叶うように運動して下さるとおっしゃって下さいました。しかし、浪人となるのはわたしばかりではありません。わたしだけがするりと仕官するのはどうも気が進まず、その時は丁重にお断りしたのです」

「人がいいんだよ、花井さんは」

梅助が溜め息交じりに呟くと裏店の連中も肯いた。花井は梅助の方にちらりと視線を投げてから言葉を続けた。

「わたしは国には帰らなかったので行方知れずということになっていたようです。国に戻った連中はそれぞれに生きる道を別に見つけたそうです。それで三戸殿はそろそろわたしも今後のことを考えてはどうかとおっしゃって下さったのです」

いつの間にか裏店の一行は内堀の大手門前に戻って来ていた。初五郎は行きと比べて帰りはずいぶん早いような気がした。花井の話に気を取られていたからだろう。石垣と松の樹と草履の下の玉砂利の感触が、初五郎にとって城内の印象のすべてのように思えた。それが違う景色かと問われたら、そうかも知れないと答えるだけだが。

呉服橋御門を抜け、いつもの町並みが眼に入った時、裏店の連中は誰しも、ほっと吐息をついていた。

「しかし、そういうありがたいお話に、何んだってまた花井さんは金時《きんとき》の火事見舞いみてェに顔を真っ赤にしたんです？」

初五郎は訝《いぶか》しい顔をして花井に訊いた。

「それは……」

花井はまた顔を紅潮させた。存外に色白の男であったことに初五郎はその時、初めて気づいた。

「恥ずかしかったからです」

「え？」

「町人の暮しも捨てたものではないと大きな口を叩いていながら、仕官の話を匂わされると恥も外聞もなく縋《すが》りつきたくなった自分が……恥ずかしかったのです」

「そんなことはありませんよ」

幸右衛門が振り返って言った。

「餅は餅屋というじゃありませんか。確かに花井さんは裏店の暮しを苦にしている様子はなかったですよ。他のご浪人ならわが身を嘆いて、なかなか隣り近所の人達と打ち解けようと致しません。侍の体面を考えたらそれも無理はありません。ところが花井さんは違った。誰とでも仲良くなさっていた。それは花井さんのお人柄でしょう。ご自分の宿命《さだめ》を宿命のままに受け入れる態度はわたしも常々感心しておりました」

幸右衛門のいつもの長話が始まったというのに甚助店の連中は珍しく横槍を入れる者はなかった。

「だからと言って、いつまでもこのままでいい訳はありません。仕官が叶うなら誰に遠慮がいるものですか。あなたはまだ若い。これからひと花もふた花も咲かせられますよ」

「ありがとうございます。大家さん」

花井がそう言うと甚助店の連中は思わず拍手していた。

「めでてェなあ。高砂や〜てなもんだ」

熊吉が唸《うな》ると連中の声が「この浦舟に帆をあげて〜」と続いたが、言葉はそこでぷっつりと跡絶えた。誰もその次の文句を知らなかったのだ。

五

それからしばらくして、甚助店に、あの三戸三太夫が伴の者と一緒に現れたそうだ。初五郎は仕事に出ていたので、そのことは、おときから聞いた。

花井は上総国《かずさのくに》、久留里《くるり》藩に表右筆として仕官が叶ったという。花井は仕度金で衣服を調《とと》え、みゆきと一緒に上総国に旅立つことになった。

旅立ちの前日には幸右衛門の肝煎《きもい》りで花井の送別会が開かれた。会場は例の空き家である。三戸からは甚助店に酒樽が届けられ、住人達を大いに喜ばせた。女房達とみゆきは別れを惜しんで、ただ泣きの涙だった。花井もそれは同じだった。住人の一人一人に丁寧に礼を言った。花井の言葉に幸右衛門は横座りした恰好で、袖で顔を覆って涙にくれた。まるで、できそこないの女形のようだったが、誰もそれを笑わなかった。

留吉は両膝を摑《つか》み、うなだれて、一言も喋《しゃべ》らなかった。熊吉は眼をしばしばさせて「よかった、本当によかった」を繰り返すばかり。

お紺は泣きながら花井の肩を何度も叩いた。

「お子さんのためにがんばって下さい」と花井が言ったので、お紺は「人のことばかり心配して、お子さん作ってがんばるのは花井さんの方じゃないか」と花井の肩をどやしたのだ。痩せた花井はお紺の力によろけて笑った。

「初五郎さん」

銚子を差し出して花井が初五郎に呼び掛けた。

「へい」と初五郎は盃を持ち上げた。花井は酒を注ぎながら「お世話になりました。初五郎さんのことは忘れません。いえ、この甚助店のことは決して……」と、しみじみした口調で言った。初五郎は喉に塊《かたまり》ができたような気がした。肩先をつっ突かれたら、涙が土砂降りの雨のように迸《ほとばし》りそうだった。

「忘れて下せェ、花井さん」

初五郎は押し殺した声でそう言った。

「こんな、小汚ねェ裏店で暮したことなんざ、忘れて下せェ。それがあんたのためだ」

「そんなことはありません。わたしが皆さんにどれだけ慰められたか、とても口では申し上げられないほどです。感謝しております」

「忘れるんだ、花井さん！」

思わず初五郎は吠えた。一瞬、裏店の住人達は初五郎の声に色を失った。宴会の座は水を打ったように静まった。

「これからはあっし等とあんたは行く道が違うんだ。道で会ったところで初さん、花井さんと、気軽な口は利けねェんだ。忘れねェだの、感謝するだの、そんな御託《ごたく》は結構毛だらけ、猫灰だらけってなもんだ」

「初、およし。お前さん酔ってるね？」

幸右衛門が制した。

「ああ、酔ってるともさ。酒を飲んだんだから酔わねェはずもねェ。何かい、そいじゃお前ェ達は酒を飲んでも酔わねェ口かい？　酔っ払うのが悪けりゃ、水でも混ぜて飲めってことかい？　くそおもしろくもねェ」

初五郎は目の前の膳を蹴り上げた。そんなふうにしなければ花井と別れる決心がつきそうもなかった。そのまま戸口から出て行こうとする初五郎に花井の声が覆い被さった。

「大工の初五郎、ちょいと待ちな」

振り向くと、花井は胡座をかいて、こちらを睨んでいる。いつもの花井とは別人のようだった。

「あいにくだが、こちとら生まれつき物覚えがいい質《たち》でな、小汚ねェ裏店住まいは骨の髄《ずい》まで滲《し》みついていらァな。手前ェのその仏頂面《ぶっちょうづら》は忘れようにも忘れられねェ。こいつは棺桶に入《へ》ェるまでついて回るというものだ。手前ェも今後、侍とつき合う時は、もちっと目立たねェように振る舞うことだ。そうでなけりゃ、おれのように一生その顔を覚え続ける羽目になるんだからな。わかったか、初五郎！」

「うるせェ！」

戸障子を乱暴に閉じた時、初五郎に熱いものが込み上げていた。裏店の古井戸がぼやけて見えた。花井の一世一代の啖呵《たんか》だった。この短い甚助店の暮しの中で初五郎が花井に何か教えたものがあるとすれば、そんな愚にもつかない啖呵だったのかと初五郎は思った。

花井の口調は初五郎そのものだった。まるで自分が自分に言ったような気がした。初五郎はただ切なかった。

翌朝の見送りに初五郎は出なかった。花井は蒲団の中でふて寝している初五郎に聞こえるように「それじゃ、皆さん。行ってきます。お世話になりました。怪我をしないように、深酒をしないように。それでは……」と大きな声で言うと甚助店を出て行った。

「見送りぐらいして上げたらいいのに」

おときはいつまでもぶつぶつと小言を言っていた。

初五郎はそれからも一石橋を渡る時、ぼんやりとお城を眺めることはあった。しかし、以前のように焦《こ》がれるほどの思いはなくなっていた。実際に見た城の中に、初五郎の求めていた景色はなかった。ただ、あの中で御能を見物したんだなあと思うだけである。

それも何年も経つ内に記憶も朧《おぼ》ろになった。

花井の笑った顔だけが初五郎の思い出として残った。

夏の盛り、汗を噴き出して普請現場で玄能を振るう時、御能見物の席で、ふと顔を嬲《なぶ》ったひと筋《すじ》の風。その風の心地よさを初五郎は思った。

町入能はその後も江戸城では開かれていたようだ。だが、初五郎が生きている内は御能を見物する機会は二度と巡って来なかった。

おちゃっぴい

一

心底、いやなことがあった日は、決まって天気がよいのがお吉《きち》の癪《しゃく》の種だった。

母親が死んだ日もそうだった。空は抜け上がったように青く、雲のかけらさえなかった。

外が明るく眩《まぶ》しいほど家の中は暗く鬱陶《うっとう》しく思えた。雨もよいの曇り空だったら、まだしもお吉の気持ちは落ち着いていられただろう。何んだってこんな日本晴れの日に母親は死ななければならないのだろうと思った。

母親は心《しん》ノ臓《ぞう》がもともと弱く、お吉がもの心つく頃には、すでに床に就いていることが多かった。お吉を産んだことで、さらに身体を弱らせてしまったのだと町医者の玄庵《げんあん》が言っていた。

「それなら、無理してあたいを産むことはなかったんだ、藪《やぶ》！」と玄庵に悪態をついたけれど、それは誰に言われるまでもなく、罰当たりなことは、十歳《とお》のお吉が一番よく知っていた。

　母親が死ぬと親戚や近所の連中が大勢やって来た。人でごった返す家の中はやかましく、お吉は静かに悲しむこともできなかった。派手な泣き声を上げながら、葬式の段取りにあれこれと口を挟むお節介は必ず一人や二人いる。

　だいたいが「おっ母さんが亡くなって辛《つら》いだろうが、がんばるんだよ」とか「お父っつぁんもお婆さんもいるから大丈夫だよね？」などと、いらぬ言葉を掛けられるのが小うるさい。

　お吉は唇を嚙《か》み締めながら返事もしなかった。一人で大川端にでも行って思いっ切り泣きたかった。

　隙《すき》を見つけて家を抜け出しても、手代の惣助《そうすけ》はお吉の動きに注意を払っていて、すぐに追い掛けて来た。

「駄目ですよ、お嬢さん。ちゃんとお内儀《かみ》さんのお傍《そば》にいて差し上げなければ」

　言葉つきは丁寧だが、惣助の眼は三角になっていた。惣助は、お吉の店に入ったばかりで、お吉の我儘《わがまま》ぶりには手を焼くことが多かった。

「死んだ者の傍にいたって何んになる」

お吉は惣助に吠《ほ》えてやった。自分の妹はもっと聞き分けがあると惣助は言った。それから、お吉を横抱きにして連れ帰った。お吉は足をバタバタさせて抵抗したが、小柄な身体は惣助にそうされると附《つ》け木の束のように呆気《あっけ》ない。早く大人になりたいと、そればかりを思っていた。

「わたしだって父親を亡くしています。お嬢さんのお気持ちはわかりますよ」

惣助はそんなことを言っていたが暴れるお吉はまともに聞いていなかった。

父親が後添えを迎えた日も、やはり外は晴れていた。母親の一周忌が済んで少し経《た》った頃だった。継母は死んだ母親よりずい分若い女だった。おっ母さんと呼ぶより姉さんと呼びたかった。

父親が祝言《しゅうげん》を挙げる日に、お吉は初めて継母のお玉の顔を見たのである。大振袖を着せられたお吉は祖母の背中に隠れて、そっとお玉の顔を覗き見た。

「あれ、お吉ちゃん。恥ずかしいのかえ？　そんなところに隠れて」

仲人の上総屋《かずさや》の女房がからかった。

「うるさいの、でしゃばりが……」

小声でお吉が呟《つぶや》くのを祖母は「これッ」と窘《たしな》めた。

「きれえだろ？　この人がお吉ちゃんの新しいおっ母さんだよ」

上総屋のお米《よね》は仲人ずれして留袖の紋付も羊羹《ようかん》色に褪《さ》めている。お玉の手を取りながら得意そうに喋《しゃべ》っていた。

「お黙り！」と声が喉まで出掛かった。花嫁衣裳の女をきれえと褒《ほ》めるのは百も承知、二百も合点の、お約束事に決まっている。

お玉は眼も鼻もちんまりと小さく、これと言った特徴のない顔をしていた。おまけにその日は白粉をこってりと塗った白造り。

「のっぺらぼうかえ？　白い顔だの」

お吉はまた低く呟いて、祖母に「これ、しッ！」と犬のように窘められた。

祖母は死んだ母親と反《そ》りが合わない様子だったが、お玉はさらに気に入らぬようだったけれど、お玉とお米が目の前を通り過ぎてしまうと、祖母はたまらず袖で顔を覆って噴き出していた。のっぺらぼうは存外に的を射ていたのだろう。

しかし、父親の嘉兵衛《かへえ》はその時、三十六の男盛り。そのままやもめで通させるのは可哀想というものだった。

寄合組の人の世話で行き遅れの清元の師匠をしていたお玉との縁組が纏《まと》まったのだ。

嘉兵衛とお玉の祝言はお吉の家で行われた。本当は、どこか料理茶屋を借り切って行うところだったが、死んだ母親の実家の手前、できるだけ質素を心掛けたのだ。

その日の嘉兵衛は朝からそわそわと落ち着きがなかった。祖母に「みっともない」と何度も叱《しか》られていた。

お吉は紋付、袴《はかま》の嘉兵衛が扇子で掌をぱしぱしやりながら座敷をうろうろするのを眺めていた。自然、小意地の悪い表情になっていたのにも嘉兵衛は気づかない。

嘉兵衛の白足袋に包まれた足がやけに大きく見えた。結局、男なんて、女をいついつまでも思い続けることなんざ、できない性分なのだとお吉は思った。

実の母親が死んでから、お吉は離れの祖母の部屋で寝泊まりしていた。その祖母も五年後には病でいけなくなってしまった。

生まれつき勝ち気なお吉は、人前では寂しいような表情は見せなかった。嘉兵衛も昔からいる女中も、相変わらずお吉を可愛がってくれたせいもある。それでも時折、胸の中にぽっかりと穴の空いたような気持ちに襲われることがあった。その穴は何をどうしても埋めることはできなかった。

お吉の家は浅草、御蔵前《おくらまえ》で札差業を営む駿河《するが》屋という店だった。御蔵前にはおよそ九十六軒の札差が店を構えている。小さい旗本や御家人は禄《ろく》や足高《たしだか》を米で受け取っていた。生活するためには米を金に換えなければならない。札差は、その米を買う商売である。いつの世も物価の上昇は人々の生活を圧迫する。下禄の武士は生活の不足を補うため、翌年の禄を当てにして札差から借金をする者が多い。

それ故、札差はいつの間にか換金業というより金貸しの商売に思われているふしがあった。駿河屋は、その中でも地道に商売をしている方だと言われている。もっとあこぎな商売をする札差は幾らでもいたのだ。

時々、嘉兵衛はお吉に商売の話をしてくれた。お吉は一人娘だから、いずれ養子を迎えて跡を継がなければならない。そのために、今から商売のことを徐々に教えておこうと心積もりしているのだ。

武家の借金のことも嘉兵衛から聞いて、お吉は知っていた。自分の家の商売は利鞘《りざや》で稼いでいるのだと朧気《おぼろげ》ながら理解している。

この江戸で羽振りがいいのは札差が一番だとも聞いた。どうりで。父親の仲間内で、しけた話はとんとない。

昔、札差の大口《おおぐち》屋の主は、吉原に繰り出す時、紋付の着流し、鮫鞘《さめざや》の一腰、一つ印籠《いんろう》、下駄履きと、まるで芝居の「助六《すけろく》」そのままの出で立ちで大門を閉め切ったという。いや、大口屋を手本にして芝居の立作者が「助六」の話を考えついたものなのだ。

お吉は借金に苦労している人のことは別にして、そういう話を聞くのも好きだった。

「すてきだの、いっち豪勢だの」

お吉は嘉兵衛の話に眼を輝かせた。すると嘉兵衛は、途端に苦虫を嚙み潰《つぶ》したような顔になった。まずいことを話してしまったと思ったらしい。

「だからな、お上に眼を付けられてお叱りを被ったそうだよ。お前はこの駿河屋の大事な跡取り娘だ。大口屋の二の舞にならないように、しっかり店を守り立てておくれよ。なあに、お父っつぁんが今まで通り、お前が好きに暮せるように、立派な婿を見つけてやるから心配はいらない」

嘉兵衛はそう言った。お吉は、むッと腹が立った。好きに暮したつもりはなかった。新しいおっ母さんなんていらない、そう言ったお吉の言葉なんて聞いていなかったではないか。

お吉はお玉のことを、おっ母さんと呼んだことはなかった。お玉さん、である。何度窘《たしな》められても頑《がん》として意地を通した。

「お玉さんがおっ母さんなら、あの人は十二であたいを産んだことになるんだよ。そんな馬鹿な。事情を知らない人は勘繰るじゃないか。お玉さんと呼んだ方が風通しがいいんだよ」

お吉はそんな屁理屈《へりくつ》を捏《こ》ねた。それもそうだと周りの者は納得したのか、今では誰も何も言わなかった。嘉兵衛だってお玉のことを呼び捨てにしていない。「お師匠さん」と、昔の通り名で呼んでいるのだ。お吉には嘉兵衛が「おッさん」と呼んでいるように聞こえる。おッさんのお玉は後妻として、よくやっている方だとお吉も思っている。

けれど実の母親とはもちろん違う。意地悪をされない代わり、特別可愛がられているとも感じなかった。お玉はただ一緒に暮している同居人のようなものだった。

「あたいは婿は取らないよ。お玉さんに男の子を産んでもらっておくれよ。あたいは火消しの男に嫁に行くんだから」

十六になったお吉に、そろそろ縁談も持ち上がっていた。お吉は嘉兵衛にわざとそう言ったのだ。火消しの男が好きな訳ではなかった。

嘉兵衛はお吉にそう言われて困った顔をした。お玉にはさっぱり子供のできる兆しがなかったからだ。

「そうか……お吉は火消しの男がいいのか」

嘉兵衛は吐息交じりに呟いた。

札差の娘は、この御蔵前に幾らでもいる。

その中でもお吉は、いっとう目立つ娘だった。鉄火なもの言いは火消し連中だけでなく、土地の男達にも評判である。駿河屋のおてんば娘、あるいはおちゃっぴいを知らない者はいない。

お吉はどうせなら蔵前小町と呼ばれたかった。

二

お吉は浅草寺に向けて裸足のまま走っていた。どこを見廻しても人、人、人の群れ。

誰もお吉のように眼の色を変えて走っている娘はいない。人の肩に何度もぶつかった。

――あれ、危ない。

――気をつけろ、うすらとんかち！

口汚い罵声《ばせい》にも構わずお吉は走った。どうでもなれ、どうなったって構やしないと捨て鉢な気持ちにもなっていた。

浅草寺は四万六千日の参詣《さんけい》の人々で賑《にぎ》わっていた。七月十日のこの日、浅草寺に詣《もう》でると四万六千日参詣したのと同じ功徳があると言われる。人々はこぞって浅草寺にやって来ているのだ。

雷門に続く仲見世も、ひやかしの客でいっぱいで、それは賑やかな夏の一日だった。

しかし、お吉の胸は悔しさがとぐろを巻いていた。

その朝、お玉が水色友禅の涼し気なよそゆきを出してお吉に着せてくれた。お吉は嘉兵衛とお玉と三人で浅草寺に行くものと勝手に思っていた。

水色友禅のよそゆきは、祖母が元気な時にお吉に縫っておいてくれたものだ。祖母はお吉の物を何んでも振袖にしてしまう人だった。

浴衣でさえ、長い袂《たもと》がひらひらする。それは好きだったが、子供っぽい肩上げや腰上げが気に喰わない。お玉に何度も上げを取ってと頼んでおいたのに、そうしてもくれなかった。

「お吉ちゃんは肩上げのある方が可愛らしい」などと言った。手前ェが面倒なだけじゃないか、と胸の中でお吉は毒づいていた。

それがケチのつき始めだった。仕度ができると、お吉は嘉兵衛に仏間に呼ばれた。仏間には手代の惣助がかしこまって座っていた。惣助は朝の内に髪を結い、髭《ひげ》も当って、つるりときれいな顔をしていた。身なりも、いつものお仕着せではない。嘉兵衛は「ささ、こっちにおいで。お前に折り入って話があるんだよ」と、お吉を惣助の隣りに座らせた。

話を聞いてお吉は眼を剝《む》いた。嘉兵衛は秋に惣助と祝言を挙げてはどうかと言ったのだ。

惣助は小僧から上がった奉公人ではなかった。十五歳から、いきなり手代として迎えられた男だった。それは、惣助がもとは武家の家に生まれ、家庭の事情でやむなく町人に身分を落としたためなのだ。駿河屋としても異例の待遇だった。字も知っているし、礼儀作法もしっかりとしていたから、同い年の奉公人も文句は言わなかったが、陰では何かと苛《いじ》めがあったようだ。それでも愚痴一つこぼさず、今まで真面目にお店に仕えていた。嘉兵衛はそんな惣助を買って、お吉との縁組を考えたのだろう。

惣助ははにかんだような微笑を浮かべていた。前々から嘉兵衛に言われていた様子である。お吉は惣助がいやではなかった。惣助に一目置いているようなところもあった。

しかし、自分の知らないところで勝手に話が進められていたことに腹が立った。お吉はその矛先《ほこさき》をお玉に向けた。肩上げの恨みもあったかも知れない。

「あたいは何も聞いてなかったよ。どうして突然、こんな話になるんだえ？」

「でも、お吉ちゃんはお年頃だし、惣助は真面目な人だから、きっとうまく行くと思って……惣助も異存はないと言ってくれましたし……」

お玉はお吉の剣幕に気圧《けお》されたような表情で、ようやく言った。

「あたいに異存があるんだよ」

「お吉、何んだい、そのもの言いは。真面目に話を聞きなさい。惣助はこれでも昔は二本差しだ。並の町人とは違う。考え方もしっかりしているし、この先も駿河屋に勤めると約束してくれた。わたしはそこを見込んで、お前との縁組を考えたのだよ。お前は跳ねっ返りだから惣助のような男と一緒になるのが一番いいんだ。そうなれば、わたしも安心だ」

「お父っつぁん、お言葉ですけどね、惣助にはいいお人がいるんだよ」

お吉は意地悪く言った。茶の湯の稽古の帰り、水茶屋で惣助と武家の娘が何やら話をしているところをお吉は見ていた。黙っているつもりだったが、こういう場合は話すしかなかった。

「え？　そうなのかい？」

嘉兵衛に訊《たず》ねられて惣助は幾分、緊張した顔になった。

「そんな方はおりません」

「お前、お武家の娘さんとお厩《うまや》河岸の水茶屋で話をしていたじゃないか。何やら訳ありな顔してさ」

お吉は鬼の首でも取ったように得意そうに言った。

「あの人は……」

惣助は俯《うつむ》きがちに重い口を開いた。

「わたしの許婚《いいなずけ》だった人です。漆《うるし》奉行の仙石様に仕える松波恵兵衛殿の娘さんで佐保さんという人です」

「そんなこと、わたしは聞いてないよ」

さすがに嘉兵衛も顔色を変えた。惣助は顔を上げて「申し上げる必要はないと思ったからです。許婚は、わたしが武家であった時のこと。今のわたしには関係ありません」ときっぱりと言った。

「しかし、お前はその娘さんと逢《あ》っていた。どういうことなんだい？」

「佐保さんは祝言が纏《まと》まり、嫁ぐことになりました。そのことをわたしに告げにいらしたのです」

「黙って嫁ぐのは礼に外れると、その娘さんは思われたのだね？」

「はい。おっしゃる通りです。わたしもこれで肩の荷が下りて、お嬢さんとのことをお受けする決心がついたのです」

「そうだったのかい。いや、びっくりしたよ。もとは許婚同士なら、それぐらいのことはあるはずだ。お吉、聞いただろう？　そういうことなんだよ。お前が心配するほどのことはなかったのだよ。よかった、よかった」

何がよかったよかっただ、とお吉は思った。

「あたいはとんだ三枚目じゃないか、馬鹿にして」

許婚同士が泣きの涙で別れ、女は他家に嫁ぎ、男は奉公している店の娘と一緒になる。さぞや世間のしがらみが、この二人には辛いことだったろう。それじゃ、二人の仲を割《さ》いた自分は何んだと思った。

「ええ惣助、あたいはお前と一緒になるくらいなら田圃《たんぼ》の青蛙と所帯を持つよ」

「何を言うんだ、お吉」

嘉兵衛が声を荒らげた。

「旦那様、お嬢さんのお気持ちもわかります。突然にわたしとの祝言の話になって、気が動転していらっしゃるのです」

惣助の妙にものわかりのいい言い方も、お吉の癪に障った。こいつは案外、いけ図々しい男なのかも知れない。

「惣助、お前は武家出が自慢らしいが、そんなものは今じゃ何んの役にも立ちゃしないよ。貧乏御家人の子だくさんで、お前のおっ母さんは可哀想に三十を過ぎたばかりだったのに、うちのおばば様より老けて見えた。喰う物も喰わずに、お前のお父っつぁんは労咳《ろうがい》に倒れ、医者だ薬だと金を遣った揚げ句に死んじまったそうじゃないか。残されたのは借金と腹を空かせた五人の子供達。長男のお前を仕官させようにも紋付も二本差しも質に入れて、何んとも恰好がつかなかったと聞いてるよ。よしんば仕官が叶《かな》ったとしても、小普請組からいただく雀の涙のような禄じゃ、到底暮しが成り立つはずもない。お前のおっ母さんは、侍なんてたくさんだと言っていたよ。うちのお父っつぁんが畏《おそ》れながらと礼を尽くしてお前を手代に抱えることで借金を帳消しにしてやった。そうでもなかったら、お前の所は一家心中で、今頃は投げ込み寺に卒塔婆が六基、立っていたに違いない。武家の頃の許婚だって？　笑わせるんじゃないよ。向こうさんだってほっとしてるわ。少なくてもお前と一緒になって貧乏に喘《あえ》ぐよりましさ」

お吉はいっきにまくし立てた。お玉は驚くよりお吉の啖呵《たんか》に感心した顔をしていた。

しかし、嘉兵衛の平手打ちがまともにお吉にきた。

「旦那様、よろしいんです。その通りですから。わたしは同情されるよりお嬢さんに、はっきり言われた方が、いっそ清々します」

「惣助、お前の仏面《ほとけづら》が癪に障るよ。どうして断らないんだよ。こんな擦《す》れっ枯らしはいやだって。どうして言えないんだ。あたいのことなんざ、露《つゆ》ほども思っていないくせに」

「そんなことはありません。ゆっくり話を致しましょう。わたしの気持ちをよっく聞いて下さい」

「お父っつぁんに手なずけられてる奴の話なんざ聞きたくもない！」

「お吉、言わせておけば」

嘉兵衛は青筋を立ててお吉に摑《つか》み掛かろうとした。お玉がお為ごかしにお吉を庇《かば》う。惣助が嘉兵衛の前に立ちはだかる。

まるで茶番、奥山の三文芝居だとお吉は思った。お吉はお玉を突き飛ばして仏間を出た。

引っ繰り返ったお玉の足は火ばさみを逆さにした形になって、足の裏が天井を向いていた。

お吉はそのまま表に飛び出した。惣助がお嬢さん、と叫んでいた。

息が切れる。目まいがする。こんな日はやはり底抜けの日本晴れだ。いやだ、お天道様なんて嫌いだ。

惣助は存外に達者な足取りで追い掛けて来る。後ろを振り返って「あ、畜生！」とお吉は吐き捨てた。どうしたらいいものか。

浅草寺の仲見世で小屋掛けの楊枝屋《ようじや》が眼についた。いや、その楊枝屋の前にいた、ちょいと様子のいい男にお吉は眼を留めたのだ。

男は楊枝屋の女をからかっていた。派手ないろは崩しの浴衣、帯はそれでも博多。本多髷《ほんだまげ》が細面の顔に、やけに様になっている。

お吉はその男に近づいて「トクちゃん」と呼んでみた。男の名はもちろん知らない。咄嗟《とっさ》にトクちゃんが出た。どうしてそんな大胆なことができたのか、お吉にはわからない。切羽詰まれば人は何んでもするものだ。

「お、おいら？」

周りを見廻して、男は自分で自分の顔を指差した。鳩が豆鉄砲を喰らったような、とは男の表情を言うのだろう。楊枝屋の女は含み笑いをしながら売り物の楊枝を並べ直した。ちょいと婀娜《あだ》な年増女である。

「人違いだぜ。おいらトクちゃんじゃねェって」

まじまじと男の顔を眺めて、やっぱりいい男だと思った。痩せているが二重瞼《ふたえまぶた》の眼は優しそうだし、鼻筋も通っている。唇はちょい厚目で、浅黒い顔にちらりと見えた歯が白い。

年の頃、二十七、八。いや、三十を一つ、二つ過ぎたあたりか。野暮ではなく、かと言って通人にも見えなかった。

「頼むよ。助けておくれ。人に追われているんだ」

「な、何んだよ」

お吉は男の後ろにすっと隠れた。それだけでも小柄なお吉は人の眼から随分、目立たなくなる。

男は人の群れに視線を投げた。惣助がきょろきょろと人捜しをしているのに気づいたらしい。男はお吉の肩に腕を回すと、そっと葦簀《よしず》張りの小屋の後ろに連れて行ってくれた。

「ここでじっとしてな。お前ェを追っているのはお店《たな》者の若けェ男か?」

お吉はこくんと肯《うなず》いた。

しばらくして「向こうへ行っちまったぜ」と男は教えてくれた。

「ありがと」

お吉は着物の前を直しながら礼を言った。

「だけど、それほど悪い奴には見えなかったがなあ」

男は気軽な口調でそう言った。

「悪い奴じゃないよ。あたいを女房にしたがっている奴だよ。お父っつぁんとぐるになって」

「だったら何も隠れるこたァねェ」

「無理矢理だから腹が立つんだよ」

「いやなのか、あの男」

「ああ、いやだね」

そう言ったお吉の言葉に溜め息が交じったのに男は気づかない。困っちまったなあ、と小鬢《こびん》を掻《か》いた。そうしながら遠慮のない眼でお吉の顔や恰好を眺めている。

ふと足許に気づいて「お前ェ、履物はどうした？」と驚いた声を上げた。慌《あわ》てて飛び出したので、お吉は裸足だった。

「ごらんの通りよ。様《ざま》ァないね」

「餓鬼のくせに洒落《しゃれ》た口を叩《たた》く」

「トクちゃん、あたい、こう見えても十六なんだよ」

「おいら、トクちゃんじゃねェって。へ、十六たァ驚きだ。どう見ても十三、四ってところだ」

「若く見えるんだよ、あたい」

「へ」

男は苦笑して白い歯を見せたが、早くお吉を追い払いたいという様子でもあった。

ここで怯《ひる》んではいけないとお吉は思った。

幾ら駿河屋の娘でも財布もない一文なしである。下駄もない。時間を潰すには、この男に縋《すが》るより外はないのだ。お吉の勘で、男は悪さを働くような人間ではないと察した。

「悪いがおいら、お前さんに構っている暇はねェんだ。これで好きな履物みつくろって帰《け》ェんな」

男は懐の財布から銅銭を摑み出して言った。

銭はありがたく頂戴して「暇がないなんて嘘だろ？　さっきまで楊枝屋の姐《ねえ》さんを調子よくからかっていた。その様子じゃ、半日はここでねばるつもりじゃなかったのかえ？」と、お吉は言った。

「口の減らない餓鬼だ」

「よう、履物屋に連れてっておくれよ。この人混みじゃ、足を踏まれちまう」

困り果てた男は溜め息をつき、それでも人通りの少ない所を選んで歩き、履物屋に連れて行った。お吉はそこで赤びろうどの鼻緒のついた黒い塗り下駄を買った。

「小《ちい》せェ足だの」

男はお吉の足を見てそう言った。お吉は背筋がぞくっとした。殺し文句にも思える。もっとも、男の顔に、そんな作為は微塵《みじん》も感じられなかったが。

「トクちゃん、これからどこへ行くのだえ？」

履物屋を出るとお吉は男に訊《き》いた。新しい下駄は足に馴染《なじ》まなかったが、裸足でいるよりはましである。

「そうさなあ、おかねちゃん。おいら本所に、ちょいと野暮用があるのよ」

「あたい、おかねじゃないよ。お吉だよ」

「お七？　八百屋お七の？」

「お吉！」

男の耳許で怒鳴った。

「わかってらァ」

男は顔をしかめて耳を押さえた。

「あたいは八百屋お七のような馬鹿じゃないわ」

「お七のどこが馬鹿なんだ？　いっそ勇ましいじゃねェか」

「トクちゃんは世間知らずだね。八百屋お七は家が火事に遭って、駒込の吉祥寺に身を寄せている時に、寺小姓の吉三郎と相惚《あいぼ》れになったんだろ？　家が普請されて、その寺から出るのが死ぬほど辛かった。そりゃあ、その気持ちはわからぬでもないけれど、また家が火事になれば吉三郎と逢えると考えたのが馬鹿だと言うのだわ」

「なるほど。お前ェならどうする」

「あたいなら、お父っつぁんに打ち明けて、どうぞ添わせておくれと頼むわな」

「ふん、それならお前ェも、お父っつぁんに好きな男と添わせてくれと頼むことだ」

「それとこれとは別だよ。今のあたいには惚れた男なんざ、いやしない。かと言って、むざむざ惣助と一緒になるのも癪に障る」

「お前ェが八百屋お七を笑えるか？　お前ェだって家を飛び出して、見ず知らずの男に下駄を買わせていやがる」

「下駄のお金は後で返すよ」

「いらねェよ」

「よう、本所へ連れてっとくれよ。おとなしくするからさ」

「駄目だ」

「家に帰りたくないんだよ」

「駄目」

「そうかい……そいじゃ、あたいは身の置き所もないから、大川にでも飛び込もうかな。皆んな、あたいにつれないからさ。生きていたってしょうがないもの」

「おう、飛び込め、飛び込め。今日はやけに暑いから水の中ァ、気持ちがいいだろうよ」

「薄情者！」

「あのな、おいらについて来ても、いずれお前ェは家に帰らなきゃならねェの。日が暮れたらお前ェの家の者は自身番に届けを出すかも知れねェんだぜ。おいら、そん時、かどわかしで捕まりたくねェの」

「夕方には帰るよ」

「おいら、ちょいと訳ありで、長いことドヤに帰ェってねェのよ。夜になって泊めてくれと言われても困る」

「そこまで迷惑掛けないよ。家から離れて、自分のことを少し考えてみたいだけさ。意地を通したって、所詮はあたいも女だし……」

「殊勝なこって。ところで立ち入ったことを訊ねるが、お前ェを追い掛けていたのは、どんな野郎なんだ？」

「うちの店の手代。惣助って言うの」

「名前ェは聞いた。年は？」

「二十一。もうすぐ番頭になるのさ」

「お前ェとは、いい按配《あんばい》の年廻りだ。そいじゃお前ェは店のお嬢さんって訳か」

「そうだよ。御蔵前の駿河屋がうちの店だ」

「札差の娘か……」

「知ってるの？」

「ああ」

二人の足は自然に吾妻橋の方に向かっていた。人混みから、ようやく逃れられた気がする。

「惣助は武家出なのさ。寛惣之進《かけいそうのしん》って、もののしい名前だった。だから普通の奉公人とちょいと様子が違う。何か肝っ玉の据わったところがあるよ。お父っつぁんに恩があるから一生懸命、お店に尽くしているのさ」

「立派じゃねェか。お前ェに何んの不足があるのよ」

「惣助はお父っつぁんに言われたから、あたいと所帯を持つのさ。そうじゃなかったら、あたいとなんて……」

「そうかな」

「何んだよ、惣助のことなんて知りもしないくせに」

「いや。旦那の勧めでも、お前ェを気に入らねェのなら、断る方法は幾らでもあると思ってよ。お前ェは口は悪いが、なかなか器量はいいぜ。そうだなあ、年増になったらいい女になる、うん」

「何んだよ。今は駄目なのか?」

「今は駄目。もう、からっきし駄目」

「あいつには許婚がいたんだ。おとなしそうな人だった。本当はその人とあいつは一緒になりたかったのさ」

「その男、どうして武家をやめたんだ?」

「借金が嵩んで身動き取れなくなったからさ。父親は病気で小普請組に落とされ、仕舞いには死んじまった。あいつが跡を継いだところで小普請組の禄だけじゃ、とても借金は返せなかったから」

「借金てェのは、つまりお前ェの店で拵《こしら》えたもんだったんだな？」

「そういうこと」

「そうか……」

男は溜め息をついて空を仰いだ。全く、雲一つない青空だった。吾妻橋から川下に眼をやれば、傾斜のある両国橋が見えた。四万六千日で賑わう浅草も、そこまで来れば、何事もない夏の一日だった。

青物売りが汗を掻き掻き、声を張り上げて二人の横を通り過ぎた。大八車に荷を積んだ裸同然の人足も通り過ぎた。呑気《のんき》にそぞろ歩きしているのは、お吉とその男ぐらいのものだった。

「おいら、その惣助って男の気持ち、何んとなくわかるぜ。おいらもそのう……もとは二本差しよ」

吾妻橋の中央辺りに来た時、男はぽつりと洩《も》らした。

「へえ。今は何してるの？」

「今は絵師だ」

「トクちゃん、お絵師かあ」

お吉の顔が輝いた。絵草紙屋で芝居役者の似面絵《にづらえ》（似顔絵）を買ったことはあるが、本物の絵師に会ったことはなかった。

「よう、トクちゃん。何んというお絵師だえ？」

「お前ェは絵師と言えば誰を知ってる？」

「そうだなあ……トクちゃん、歌丸（歌麿）じゃないよね？」

「馬鹿、あいつはもう、この世にいないわ」

「清長（鳥居清長）、春信（鈴木春信）」

「古いなあ。もっと若い奴を言ってみろよ」

「わかんないよ、国貞（歌川国貞）」

「近づいて来たぞ」

「わくわくするよ。豊国」

「それは国貞の師匠だ」

「写楽」

「あちゃあ、とんと的外れ」

「駄目だよ。もう種切れだ」

「種切れか……おいら英泉《えいせん》ってんだ。菊川英泉」

「し、知らない。ごめんよ」

「いいさ。お前ェは素人だ。知らなくても無理はねェよ。さて、これからおいらがどこへ行くか当ててみな」

「もう謎解きはやめ！」

「そうか。北斎先生の所へ行くんだ。北斎なら知っているだろう」

「聞いたことはある。あたいも行く」

「駄目だ……と言ってもついて来るんだろ？」

「あたい、おとなしくするよ」

「どうだか」

大川の上は、それでも川風が幾分、涼しかった。今頃、惣助はどうしているだろうかと、お吉は、ふと思った。しかし、橋を渡り切った時には、そんなことはきれいさっぱり忘れていた。

三

本所は御蔵前と違って、のどかな雰囲気がする町だった。武家屋敷も多いが、狭い小路が入り組み、どことなく垢《あか》抜けない感じがする。

お吉が本所に来たのは、ずっと以前、女中のお増に連れられて回向院《えこういん》前の広場で軽業《かるわざ》を見た時だけである。

二人は吾妻橋を南に折れると御竹蔵《おたけぐら》の方向に歩いていた。

「よう、トクちゃんは北斎の弟子なの？」

お吉はたらたら歩いている英泉の背中に声を掛けた。鼻緒擦れして足が少し痛かった。

「いいや。おいらは菊川派だ。北斎先生は、おいらが心底尊敬している人だ」

英泉は振り向いて言った。もうお吉を邪魔にしている様子はない。

「菊川のお師匠さんより？」

英泉は少し躊躇《ちゆうちよ》した表情を見せて、こくんと肯いた。

「そんなに北斎がいいのなら菊川を抜けて北斎派に乗り換えたらいいじゃないか」

「北斎先生は葛飾一門と言うんだ。そうは行かねェよ。おいらは菊川の師匠に育てられたんだ。今更鞍替《くらが》えはできねェ」

「浮世の義理かえ？」

「うまいことを言う」

英泉は口の端を歪《ゆが》めるようにして笑った。

「トクちゃん、お絵師の修業は辛いかえ？」

「ああ、辛ェよ。だが、仕事は何んでも辛ェもんだ」

「だけど絵を描くのは好きなんだろ？」

「そりゃあな。並の者より好きでなきゃ絵師にはなれねェ。餓鬼の頃はよかったぜ。ただ好きで描いて、それを師匠や、おいらの親が眼を細めて褒めてくれたからよ」

「今は？」

「今はそうはいかねェ。売れるもんを描かなきゃならねェからよ。版元は小面《こづら》憎いと思うばかりよ」

「あたい、お父っつぁんに頼んでトクちゃんの絵を買って貰うよ。英泉だったよね？」

「ありがとよ。だが、お前ェのお父っつぁんが果たしておいらの絵を気に入るかどうか……」

「どうして？」

「いや、いいんだ。行くぜ。足ィ、痛ェのか？」

「ちょいとね」

「もうすぐだ」

　画狂人、北斎の住居は榛《はん》ノ木《き》馬場の傍の亀沢町にあった。

　立ち腐れたようなあばら家に着いた時、お吉はそこが時の絵師、北斎の家とは俄《にわ》かに信じられなかった。うろ覚えに北斎について知っていることは、その昔、音羽の護国寺で大達磨を描いて人々の度肝《どぎも》を抜いたことと、上様の席画に召されて評判になったことだった。

しかし、その他には何も知らなかった。どんな絵を描いているのかさえ、実際には見たこともないのでわからない。男の口ぶりから、とてつもなく偉い絵師だということは察せられた。

その家は一軒家の体裁は保っているものの、庭といっては名ばかりの草ぼうぼう。破れ障子、羽目板の腐れ、埃《ほこり》だらけの濡《ぬ》れ縁《えん》と、眼を覆いたいほどだった。

英泉は意に介するふうもなく、庭先から中に入り「先生、おりやすかい？」と声を掛けた。

「善次《ぜんじ》かい？」

仄暗《ほのぐら》い部屋から意外にも女の声が聞こえた。

お吉は所在なく庭に突っ立ったままだった。

「おう、何してる。入《へ》ェんな。遠慮はいらねェ」

英泉は振り返ってお吉を中に促した。遠慮なんてするものかとお吉は思った。足の裏が汚れそうな気がしただけだ。もっとも裸足で走ったから、足の裏はとうに汚れていたが。

「おや、連れがいるのかえ？　どうれ」

お吉の目の前に現れたのは痩《や》せ型の長身の女だった。婀娜《あだ》な縞物の着物に長煙管《ながきせる》を持っていた。髪はぐるぐるの櫛巻《くしま》きにしている。持っている長煙管の羅宇《らう》が紅いのは、京伝店《きょうでんだな》の品物だろうかとお吉は思った。女はちっとも器量がよくないのに、どことなく風情のある様子に見える。それが北斎の娘のお栄《えい》だと男は教えてくれた。お吉はぺこりと頭を下げた。

「善次がこんな子供と道行きたァ、呆《あき》れる」

お栄はお吉の頭のてっぺんから爪先まで、じろりと眺めて皮肉な口調で言った。

「浅草で拾ったんだ。勝手について来やがった」

「善次の後をついて行って、道に迷った女はいっぱいいる。この娘もその口かえ？」

「お栄ちゃん、おいら、こんな餓鬼に手を出すほど女ひでりはしてねェよ」

「そうかい。それを聞いて安心したよ」

「トクちゃん、英泉じゃないのかえ？　この姐さんは善次と言ってるよ」

お吉は気後れを覚えながら英泉に訊ねた。

「英泉は表徳《ひょうとく》（雅号）だ。名前ェは池田善次郎というのだわ。トクちゃんとは何んのことだえ？　新しい表徳にしちゃ、間抜けだの」

お栄は英泉の代わりに応えた。

「なに、こいつが勝手にそう呼ぶのよ」

「お上がり。桜餅があるよ」

お栄は気さくにお吉を中に促した。

部屋の中も恐ろしいほどの散らかりようだった。座敷全体に反故紙やら下絵やらが散乱していて、畳の目も見えない。おかしいことに、英泉がその紙の類を踏まないように奥にいる北斎の傍まで行ったのに、お栄は平気でそれ等を蹴《け》散らしていた。奥の三畳ほどの部屋に北斎がいた。死んだ祖母と同じくらいの禿頭《とくとう》の老人だった。手前の六畳の方に文机があり、お栄がさっきまで、そこに座っていた様子があった。

北斎は文机を持たず、畳の上に下敷きを拡げ、屈《かが》み込むような格好で絵を描いていた。

お吉が入って行くとちらりと視線を投げたが、何も言わず、そのまま絵を描くことに集中した。英泉は彼の傍に座って嬉しそうに言葉を掛けている。まるで離れて住んでいる父親に会っているような感じだった。

お栄は北斎の前の、竹皮に包まれていた桜餅を一つ、摘《つま》み上げた。

「おれの桜餅をどうする？」

筆を動かしながら、北斎は甲高い塩辛声で訊いた。口いやしい爺ィだとお吉は思った。

「そこの娘さんにやるんだよ」

お栄が言うと北斎はふん、と納得したのか不満なのか鼻を鳴らした。お栄はほいっという感じでお吉に桜餅をよこした。小皿にでも入れてほしかったが、お吉は顎《あご》をしゃくって受け取り、指がべとべとするのでひと口で頬張った。

「おいしいかえ?」

お栄は嬉しそうに訊ねると、鉄瓶から白湯《さゆ》を湯呑に注いで、お吉の前に置いた。茶の葉ぐらい用意していないのかと思った。その白湯も生温《なまぬる》い。しかし、ずっと歩いて来たので、喉の渇きは癒《いや》された。

英泉は北斎の手許を見つめたままだった。お栄もお吉の傍に座って、そこから北斎の様子を眺めている。奇妙な静けさが座敷に漂っていた。しかし、当の北斎は絵筆を動かしながら「すいすいっと」とか「そうれ、それ」、「ほい、もう一つ、ほいっ」と合いの手をいれながら描いていた。

首を伸ばしてお吉も眺めると、見事な龍ができ上がるところだった。

「うまいなあ」

お吉は思わず感嘆の声を上げた。英泉は振り返って、にやりと笑った。お栄も北斎の機嫌を取るように「お父っつぁん、嬉しいねえ。この娘さん、うまいんだとさ」と言った。

「そうか、おれァ、うまいか?」

北斎は無邪気に喜んでいる。

「やっぱり、本物の北斎なんだね。あたい、こんな豪勢な絵を見たの初めてだよ」

北斎は絵筆を置いて、たった今、でき上がったばかりの已れの絵に、しばし見入った。

しかし、次の瞬間、北斎は見事な龍が描かれている画仙紙をくしゃくしゃと丸め、無造作に庭に向けて放り投げた。

「何するんだよ。もったいないじゃないか」

お吉は北斎の禿げ頭に気色ばんだ声を上げた。

「いいんだよ。放っておき」

お栄がいなした。

「どうしてさ。あたいがうまいと言ったのが気に入らないのか？　やい、北斎爺ィ！」

「ほ、気の強い娘っ子だ」

北斎はそう言ったが、別に腹を立てた様子でもない。

英泉が目顔でやめろとお吉を制した。

「お前ェがうまいと褒めてくれたからよ。今度ァ、もっとうまく描こうと思ってな」

北斎の言葉にお吉は言葉を失っていた。

頭をガンと殴られたような気持ちになった。

黙り込んだお吉に英泉は「どうした？」と心配そうに訊いた。

「いっち、すげェ……」

溜め息交じりの声になった。英泉はお栄と顔を見合わせて含み笑いを洩らした。

「こっちをお向き」

お栄はお吉を自分の方に向かせると、画帖を取り出していた。

「いい顔してるの、おれに描かせておくれな」

「姐さんもお絵師か？」

「そうだよ」

「すごいね」

「そうかえ？　女が絵を描いちゃおかしいかえ？」

「そんなこともないけれど、女のお絵師に、あたい、初めて会ったよ。もっとも男のお絵師も初めてだけど」

「動かないで。そのまんま」

お栄の指がお吉の顎を固定した。存外に強い力だった。

「善次には気をつけな。あいつは女たらしだ」

「トクちゃんはいい人だよ。あたいに下駄を買ってくれたもの」

「下駄の代わりに大事なものを盗られたら馬鹿馬鹿しいよ」

「大事なものって？」

「…………」

お栄は応えず筆を動かすばかり。北斎と英泉は小声で何か話し合っている。英泉の口調はお吉に対するのと違って折り目正しかった。彼も昔は武家であったというのは本当のことなのかも知れない。その時の英泉は惣助と感じが似ていた。

「まあね、幾ら女たらしでもお前のような子供にゃ手を出さないだろうが」

お栄は筆を動かしながら言った。

「あたい、子供じゃないよ。十六なんだ」

「十六は子供じゃないのか？」

「だって祝言の話もあるもの」

「ははん、お前は祝言がいやで家を飛び出したって訳か」

「…………」

「図星だね。相手は芋に目鼻がついた、ひどいお面なのか？」

「ううん」

「意地悪そうで下らねェ男か？」

「そんなことない」

「何が不足なんだ？」

「よくわかんないよ」

「おれも十五の時に嫁に行ったよ」

「旦那はどんな人？」

「琳派《りんぱ》の絵師だったが、家業は油屋だった」

「だったって、死んだの？」

「いいや、生きてるよ。動かないで……おれは出戻りだ」

「………」

悪いことを訊いてしまったと、お吉は後悔していた。外の陽射しは相変わらず強いが、八つ（午後二時）を過ぎて、幾分涼しくなったような気がする。お栄は汗もかいていない。

お吉は帯の下の汗が気色悪かった。

「好いた男がいるのかえ？」

少しして、お栄がまた訊ねた。

「いないよ、そんな人」

「お前は子供だから分別もついていない。きっと迷っているんだろう」

「そうだね。迷っているのかも知れない。このままでいいんだろうかって……」

「だが、分別がついたらついたで、また迷うのさ。どうせ一度は嫁に行かなきゃならないとしたら、えい、と眼を瞑《つむ》って飛び込むのも一計さ。駄目なら出直せばいい。簡単なこった」

お栄がそう言うと本当に簡単なことに思えてくるのが、お吉は不思議だった。

「さて帰ェるか、お吉坊」

英泉がやって来て中腰でお栄の画帖を覗いた。

「相変わらずうめェや」

「下手に褒められても嬉しかないよ」

お栄は英泉にズバリと言った。

「姐さん、トクちゃんは絵が下手なのか？」

「下手だよ。だがおれの絵よりも善次の方が売れている。世間様は見る眼がねェ奴ばかりさ」

「ひでェことを言うよ」

英泉が薄く笑った。筆を文机の竹筒の中に入れ、お栄が画帖を下に置くと、そこには普段のお吉より数段、大人びた娘がいた。

「帰るのかえ？」

お栄は英泉に訊いた。

「ああ。先生に話も済ませたしな」

「永寿堂《えいじゅどう》に下絵を届けておくれでないか」

「ちょいと廻り道だな。おいら、この娘を御蔵前に送って行くんだ」

「おれのじゃなくて親父様のだ」

お栄がそう言うと英泉の顔に少し緊張が走ったように見えた。

「拝見できるかな」

町言葉も急に抜けている。

「いいよ」

お栄は無造作に下絵の束を英泉の前に放った。

英泉は急いで、その束を捲《めく》った。低く唸《うな》り声を洩らしている。

「いいできだ」

「彫りはいつもの人にと言っとくれ。他の奴だと親父様は癇癪《かんしゃく》を起こす」

「あい、わかった」

英泉は下絵の束を懐に入れると「じゃ」とお栄に言った。お栄は長煙管に火を点《つ》けて、
白い煙を吐き出し、軽く顎をしゃくった。お栄の顎は長い。

「姐さん、ご馳走さま。お邪魔致しました」

お吉がそう言ってぺこりと頭を下げると、お栄の眼が優しく細められた。

「あい。大した行儀のいい挨拶《あいさつ》だ。また遊びにおいで」

奥の北斎にもお吉が声を掛けると、返事はなかったが、手をひらひら振っていた。

四

「なあ、あの人、どう思う？」

北斎の家を出て、竪川《たてかわ》の方向に歩きながら英泉は訊いた。

「誰？　北斎？」

「いいや」

「姐さんのことだね」

英泉は照れたような顔で肯いた。お吉にピンと来るものがあった。

「あたいは好きだよ。ちょいと伝法なところのある人だった」

「…………」

「トクちゃん、惚れているね？」

「おきゃあがれ。おいら、あんな女、大嫌ェだ」

「いやにむきになるじゃないか」

「そんなことはねェよ。あの人ァ、おいらと同い年よ」

「へえ、トクちゃんの方が若く見えるよ。あたいはあの姐さん、最初は北斎のお内儀さんかと思ったよ」

「構わねェからな。絵さえ描けりゃ何もいらねェ人だ」

陽が傾いて行く。菜種油色の陽の光が竪川の水に反射してきらきら光って見えた。

お吉は浮世離れした気分になっていた。

知らない町を今日会ったばかりの英泉と歩いているのが不思議だった。それでも英泉には、もうずっと以前の知り合いのような気持ちになっている。

「まだ気持ちは変わらねェか？」

「惣助と祝言を挙げることかえ？」

「ああ」

「もうどうでもいいや。考えるのもいちいち面倒臭ェ」

「お栄ちゃん、何んて言っていた？」

「他に好いた男がいないのなら眼を瞑って嫁になるのがいいとさ。駄目なら出直せだと」

「あの人らしい……」

「あの姐さん、どうして出戻りなの？　飯の仕度や洗濯するより絵が描きたかったから？」

「それもあるが」

舟着場に舟は停まっていなかった。舟を待つ間、男はぽつりぽつりとお栄の話をしてくれた。お栄の亭主は本画を志す絵師だった。お栄が北斎の絵を見て育ったために、亭主の絵に不満を覚えたのが破鏡の原因と言われている。お栄は亭主に「絵が拙《まず》い」と笑い飛ばして婚家を出たという。

「勇ましいの、すてきだの」

お吉は胸のすくような気持ちになった。

自分も惣助を、何か豪気な言葉で嬲《なぶ》ってやりたかった。

「だけど、そうじゃねェと、おいらは思っている」

「え？」

「先生のお内儀さんは病に倒れて、先生の世話ができなくなった。長男は生きているが、これがとんだ放蕩《ほうとう》息子で、先生が貧乏しているのは、皆、その息子が拵えた借金のせいなんだ。お栄ちゃんの腹違いの姉さんも絵師に嫁いでいるが、夫婦仲が思わしくない。何より姉さんの身体も丈夫じゃない。今はお内儀さんと別の所でひっそり暮しているそうだ。

お栄ちゃんの弟は御家人の家に養子に行ってる。……結局、子供のいないお栄ちゃんが出戻って先生の面倒を見ることになったんだ。亭主の絵を笑うなんざ、あの人の本心じゃねェさ。あの人が泣かずに戻って来る方法だったのよ。おいらにゃ、そんなふうに思えるぜ」

何んだか切なかった。お栄の気持ちが身に滲《し》みた。英泉は黙ったお吉に言葉を続けた。

「女は人の女房に収まっているのが、いっちいいことだとお栄ちゃんは思っているから、お前ェにも眼を瞑って祝言挙げろと言ったと思うぜ」

「そうだね」

お吉は素直に相槌《あいづち》を打っていた。

「出戻ってからのあの人ァ、本気で絵に精進するようになったのよ。おいらなんざ、下手、下手、下手と息もつかずに喋られる始末よ」

「開き直っちまったんだねえ」

「ああ」

「やっぱりトクちゃん、惚れているね？」

「………」

「でも、あの姐さん、もう嫁になんて行かないよ。あたい、そんな気がする」

舟で竪川から大川に出て、お厩河岸に着けて貰った。舟着場には何んと惣助が立っていた。

そそけた髪が夕方の風に靡《なび》いている。一日、お吉を捜し廻っていたせいだろう。

「あいつが御亭《ごてい》になる男か？」

舟の上から英泉が訊いた。お吉はこくりと肯いた。

「いい男じゃねェか。あれなら大丈夫だぜ」

「トクちゃん、あたい……」

何か言いたかったが言葉が見つからなかった。英泉はふわりと笑って「今日一日、おもしろかったぜ」と言った。

舟が着くと英泉は惣助に近づいて「困るぜ、ああいうの野放しにしちゃ」と文句を言った。

「申し訳ございません」

惣助は殊勝に頭を下げた。

「お吉坊、じゃあな。祝言、挙げるんだぜ」

英泉は西村永寿堂に向かって歩き出していた。

「トクちゃん、また会える？」

お吉は縋るような声で英泉の背中に訊いた。

「ああ、生きてりゃ、どこかでまた会えるさ」

振り向いた英泉は芝居掛かった台詞《せりふ》で言った。

英泉の姿が小さくなると惣助は「あの方はどこのどなたですか」と訊いた。

「お絵師だよ。英泉って知っているかえ？」

「エイセン？　ひょっとして菊川英泉のことですか？」

「物知りだの」

「わたしの父上も、絵を描いていたので、あの方のことは、よく存じておりました」

「ねえ、お前はトクちゃんの絵を見たことがあるの？」

「はい。何んとも色気のある女ばかりを描いております。わたしは……嫌いではありません」

惣助はやや顔を紅潮させて言った。

「絵草紙屋に行って、買って来ておくれよ」

「はい。近い内に買って来ましょう」

「ああ、腹減った。何しろ桜餅一つだからねえ」

惣助は怪訝《けげん》な顔でお吉を見ている。

「お前、あたいを捜し廻っていたのかえ？」

「はい。奥山のあやつり芝居にもいらっしゃらなかったので、後は深川か本所にでも行ったのだろうと舟着場で待っておりました」

「勘がいいんだね」

「もう六年もお嬢さんとつき合っていますから、それぐらいわかりますよ」

「…………」

「わたしは田圃の青蛙よりお嬢さんのことは考えているつもりです」

惣助はお吉の売り言葉を憶えていた。

「惣助、心配掛けてごめんね」

素直な言葉が自然に出た。お栄の身の上話を聞いたせいかも知れない。

「本心でおっしゃっているのですか？」

「当たり前じゃないか。お父っつぁんに、昼間のこと、うまく口を利いておくれよ」

「は、はい……」

「あたいが叱られるのを他人事《ひとごと》みたいに見ているんじゃないよ」

「お嬢さん」

もっと何か言いたそうな惣助に、クルリと背を向け、お吉は駿河屋に向って駆け出していた。

英泉の絵を頼んだのに、惣助は忙しいのか、なかなかお吉の前に持って来てくれなかった。

業を煮やしたお吉は惣助に催促した。すると、晩飯の後で店蔵に来て下さい、と惣助は言った。その時の惣助はお吉の顔をまともに見ていなかった。事情がよくわからないまま、お吉は晩飯の後でこっそりと店蔵に行った。店の奥から蔵は続いている。惣助は調べ物があると言って番頭に店蔵の鍵を預かったらしい。

梯子段《はしごだん》を上がって、掛け軸や屋号の刻まれた提灯《ちょうちん》が納められている二階に、惣助は灯《あか》りを点けて待っていた。

「お嬢さん、この絵をお見せしたことは、旦那様には内緒ですよ」

惣助は最初にお吉に念を押した。

「そんなにまずい絵なのかえ？」

「とても昼間はお見せできません」

懐から極彩色の木版画を出すと、惣助は板の間にそれを拡げた。それから手燭《てしょく》をその上にかざした。

「きゃッ」とお吉の喉許から声が出た。その絵はあぶな絵（春画）だった。

「トクちゃん、こんな絵を……」

「絵草紙屋でも大層、恥ずかしい思いをしました。でもお嬢さんのたっての頼みなので」

男と女がしどけなく交合する図である。

奇妙に捩《ねじ》れた姿態で、男根が驚くほど巨大に見える。

「男のものは、こんなにでかいのか……」

幾分、気持ちが落ち着くと、お吉は、そのあぶな絵をしげしげと見つめて感心した声を上げた。

「とんでもない。これは誇張しているのですよ。こんなのは化け物ですよ」

そう言いながら惣助の顔も紅潮していた。

「こんな絵を描いていたら、お武家を首になるのも当たり前だわ」

「はい、恐らく、これが原因でしょう」

惣助は訳知り顔で言った。英泉の父親は上総国《かずさのくに》、水野忠見の家臣であったという。英泉は父親が亡くなると跡を継いだ。しかし、後添えの継母も間もなく亡くなり、幼い三人の妹の養育が英泉の肩にのし掛かってきた。

英泉は六歳から狩野派の絵を修業している。そのまま精進すれば、あるいはお上の御用絵師としての道も開けたかも知れない。英泉の才能には眼を見張るものがあったそうだ。

しかし、二十歳の英泉には家禄も充分には与えられず、ついに暮しの不足を補うため、艶本《えんぽん》に手を染めるようになる。

武家の男があぶな絵を描いて、その内どういうことになるか、お吉も想像はついた。同僚の告発で英泉は藩を追い出されたのである。

「立場は違うけど、お前と同じだね？」

そう言うと惣助は俯いて洟《はな》を啜《すす》った。

「お前も苦労したものね」

「やめて下さい」

たまらず惣助は甲高い声を上げた。

「あたい、本当はお前が好きさ」

「…………」

「よう、好きなんだってば」

お吉は惣助のお仕着せの袖を摑んで揺すった。

惣助はお吉を抱き締めて、さらに咽《むせ》んでいた。町人に身分を落とした英泉に、惣助は自分の心情を重ねていたのかも知れない。

「よう、口を吸っておくれよ。トクちゃんの絵を見ていたら気が悪くなったよ。惣助……」

はい、はいと応えながら、惣助の涙は止まらなかった。

五

お吉は菊の香る重陽《ちょうよう》の節句に祝言の日を迎えた。田町の名高い呉服屋で誂《あつら》えた極上の白無垢、綿帽子。「美艶仙女香《びえんせんにょこう》」の白粉をこってりと塗り、京紅を差したお吉は普段のお吉と別人のようだ。お吉は京紅がぬらぬらするのが気色悪かった。

祝言の前日にはお玉の実家である柳橋に泊まった。そこで仕度を調え、改めて駿河屋に輿入《こしい》れするという段取りである。

英泉の絵がお吉と惣助にこれからのことを教えてくれたような気がする。惣助も女のことは何も知らなかったのだ。

自分はとうとう下駄の金も返せなかったと、お吉は思う。祝言のひと月前に、お吉は惣助に無理を言って本所に連れて行って貰った。

北斎の住居は、あるにはあったが空き家になっていた。近所の人の話では、どこかに引っ越してしまったという。何んでも北斎は引っ越しが趣味のような男らしかった。絵草紙屋で訊ねても英泉は行方知れずで、さっぱり様子がわからなかった。まるで夢のような人達だったとお吉は思う。

迷っていたお吉を包み込み、やがて進むべき道に導いてくれた。あの人達と会わなかったらお吉は惣助との祝言を承知したかどうかわからない。

生きてりゃ、どこかで会えると英泉は言った。

お吉はその言葉だけを今でも信じていた。

駕籠《かご》で駿河屋の前に着くと、店は陣屋のような拵えをしていた。紋付姿の惣助が店先にお吉を迎え出ていた。その後ろに嘉兵衛とお玉。惣助の母親、四人の弟妹達。

火消し連中から声が飛んだ。粋《いき》な木遣りがやかましいくらいに通りに流れる。

すてきだの、豪勢だの。お吉は得意絶頂で胸の中で呟いた。

踏み出した草履の足にぱらぱらと雨が降った。黒い雨のシミが点々と地面に拡がる。

お天道様が顔を出しているのに、この雨は何んだろう。店の番頭が慌てて傘を差し出した。お吉は、それをいらぬと振り払った。

せっかくの艶姿が皆に見えぬではないか。

それに自分は底抜けの天気は嫌いなのだ。

こいつはあたいに対するお天道様の御祝儀だ。お吉は胸を張って衣紋《えもん》を取り繕った。

誰かが「狐《きつね》の嫁入りだ」と囁《ささや》いた。

「よッ、お吉!」

れていても

一

米沢町の「人参湯《にんじんゆ》」の二階で薬種問屋「丁子屋《ちょうじや》」の長男菊次郎は、開け放した腰高障子の外の手すりに凭《もた》れてぼんやり外の景色を眺めていた。人参湯に訪れる客、湯を浴びて帰って行く客で朝から往来は賑《にぎ》やかである。午前中は女の客が少ない。

人参湯は朝鮮人参を入れている薬湯という触れ込みだが、中味を質《ただ》せば廉価な唐辛子を使っているに過ぎない。それでも身体が温まり、それなりの効用がある。急所にぴりりと刺激が走るので子供には向かないが、そのぴりりは慣れるとやみつきになるようで贔屓《ひいき》の客は多かった。前夜、ほとんど眠れなかった菊次郎は口明けの時刻に来て一番湯を浴びた。それから所在なく二階の座敷で時間を潰《つぶ》していたのだ。

湯屋はどこでもそうだが、男湯の二階には休憩所があった。湯銭十文の他に、もう十文払えば何時間いても構わない。茶の用意があり、好みの菓子も買える。読本や碁盤の用意もあって暇を潰すには格好の場所である。菊次郎もそこを溜まり場にしていた。来れば必ず知った顔に出会い、話し相手にはこと欠かない。夜遊びの算段をすることなど、しょっちゅうである。

米沢町の隣りが薬研堀《やげんぼり》で、そこには薬種問屋が軒を連ねている。そのせいだろうか、空気にも何やら薬臭いものが含まれているような気がする。丁子屋も薬研堀の一郭に店を構えていた。

菊次郎は今年二十歳である。浅黒い膚《はだ》をしているが母親譲りの細面で、鼻筋も通り、おちょぼ口の若者だ。女の子に生まれたらどれほど器量よしだったかと母親のお梅を未だに悔しがらせる。姉のおゆきは父親の菊蔵似で臼《うす》のような顔をしていた。そんなおゆきにも幸い縁談があって、四年ほど前に日本橋の呉服屋にかたづいていた。菊次郎は丁子屋の跡取りであったが、今までは菊蔵と、古くからいる番頭や手代に店を任せ切りで、ろくに帳簿も見たことはなかった。

ところが父親の菊蔵が春先に中風《ちゅうぶう》を患うと、店の一切がいきなり菊次郎にのし掛かってきた。大過なく商売をしているものと思っていた丁子屋は存外に借金があったのだ。このままでは店を畳む恐れもある。

「あんたがぼやぼや遊んでばかりいるから」

母親のお梅は、まるで菊次郎のせいだと言わんばかりに毎度、小言を繰り返す。店の苦境を乗り切るためには意に染まない縁談を承知しなければならない。同業者の「なり田屋」の娘が昔から菊次郎に思いを寄せているという。なり田屋の主人は娘可愛さに話を持ち込んだのだ。それ相当の持参金をつけるという条件で。手代も番頭もそれを聞いて小躍りした。菊次郎は、なり田屋の娘のおかねのことを思うとげんなりした。眉《まゆ》が黒々と濃く、ぎろりとした眼が抜け目なく光っている。

胡座《あぐら》をかいた鼻が中心に堂々として、とにかく口がやたら大きい。そのおかねが菊次郎を見つめるや、へなへなと骨を抜かれたようになり、思わせぶりな溜め息を洩らすのにも閉口する。

（いやだいやだ）

菊次郎は胸で呟《つぶや》いた。この世の終りに思えた。

菊次郎には密かに思いを寄せている女がいた。薬研堀で女筆《にょひつ》指南の看板を掲げているお龍《りゅう》という五つ年上の女だった。

女筆とは師匠も弟子も女ばかりの手習いの稽古所のことである。ちょっとした町家の娘なら手習いの稽古もするが、寺子屋で男の子と机を並べるのを嫌う親が女筆の師匠の所に通わせるのである。

娘に字を習わせると付け文ばかり達者になると考える親の多いご時世だから、お龍の商売はそれほど実入りがよいとは思えなかったが、それでも自分と女中を兼ねる弟子の口ぐらいは賄《まかな》っているようだ。

女筆は後家や婚期を逃した年増女が多い。

お龍も年増であるが、そんなことは問題でなかった。お龍の仕種《しぐさ》、流す視線、低い声、どれを取っても菊次郎には好ましかった。お龍は十代の頃、さる大名屋敷に奉公に上がっていたという。もちろん、書の腕を買われてのことだろう。書家、佐野東洲《とうしゅう》の弟子であり、父親は八丁堀で町医者をしているらしい。そんなことも菊次郎は人づてに聞いて知っていた。

お龍は三年ほど前から薬研堀に住んでいた。

ひと目見た時から菊次郎はぞっこんとなってしまったのである。だからと言って、どさくさに紛れて手を握ったこともなければ、思いを口にしたこともない。この三年、じっとお龍のことばかり思い続けてきたのだ。これが本当の恋だと菊次郎は思っている。

それに比べたら、吉原の遊女屋で新造相手に惚《ほ》れた、はれたとやっていたのが、いかに口先だけの実《じつ》のないことだったかがわかる。本当に惚れた相手に出くわした時は、胸は高鳴り、口もろくに利けず、眼は虚ろになるのだ。おかねのことは問題外のさらに外だった。

（十七、八の頃はよかった）

菊次郎はまた胸の中で独りごちる。店のことなど構わず、ただお龍を思っていればよかったからだ。二十歳の菊次郎には先の人生が暗澹《あんたん》たるものに思える。生きて行くのさえ鬱陶《うっとう》しかった。

二

「若旦那」

背中をぽんと叩《たた》かれて振り向くと、貸本屋の備前屋長五郎が茹蛸《ゆでだこ》のような顔で立っていた。媚茶《こびちゃ》の大風呂敷で包んだ荷物を傍《そば》に置いている。荷物の中味は読本、黄表紙の類《たぐい》である。備前屋と、もっともらしい屋号をつけているが、店はなく、貸本と古本の瀬捉《せど》りで利鞘《りざや》を稼いでいる男である。達者な足を頼りに江戸の市中を歩き廻っていた。三十を幾つか過ぎているはずだが独り身で、通油《とおりあぶら》町の近くに住んでいる。菊次郎は備前屋の贔屓の客の一人であった。

「丁子屋さんにお寄りしましたら、番頭さんがここじゃないかと教えて下さいましてね。ついでだ、あたくしも朝湯と洒落《しゃれ》ようかと思った次第でございます。若旦那、本日は滅法お早いお越しでございますね」

「店でわたしのことを何か言っていたかい？」

「はい。何んですか、本日は寄合がおありになるそうで、なるべく早くお戻り下さいとのことでした」

「そうかい。ありがとよ」

菊次郎は気のない返事をした。

「若旦那、三馬《さんば》先生の新作が出たのでございますよ」

備前屋はそんな菊次郎に構わず、張り切った声を上げた。

式亭《しきてい》三馬。売れっ子の戯作《げさく》者である。文化六年（一八〇九）に出した『浮世風呂』は大層な評判を取った。

「あいにくだが、今のわたしは本など読む気もしないのさ」

菊次郎は備前屋に醒《さ》めた目でそう言うと、また往来に頭を戻した。米沢町の低い甍《いらか》の向こうに鰯雲《いわしぐも》を浮かべた秋空が拡がっている。

大川の蒼い水も柔かい陽射しに反射してきらきら光って見えた。もうすぐ冬が来ると思った。冬になれば、その次には春が来て、不細工のおかねと祝言《しゅうげん》を挙げなければならないのだ。このまま時間が止まればいいとさえ菊次郎は思っていた。

「若旦那、つれないご返事はなしですよ。まずは三馬先生のお作をごらんになって下さいましな」

備前屋は菊次郎の横に来て、同じように手すりに凭れると、しぶとく言った。

「どうせ『浮世風呂』の二番煎《せん》じだろう？」

菊次郎が訳知り顔でそう言うと、備前屋は濃いげじげじの眉を持ち上げた。その眉を見て、不意におかねを思い出し、菊次郎は顔をしかめた。

「若旦那、さすが京伝《きょうでん》先生のお弟子さんだけのことはございます。わかっていらっしゃる」

「馬鹿言っちゃいけない。誰が京伝の弟子だって？」

菊次郎はむっと頰を膨らませた。

山東《さんとう》京伝は江戸随一の戯作者である。絵師の腕もあり、そちらの雅号は北尾政演《まさのぶ》。確かに菊次郎は戯作者を志して京伝に弟子入りを願ったことはある。京橋で煙草入れの店を開いていた京伝は、その内、「読書丸《どくしょがん》」なる薬も売るようになった。薬が縁で京伝と顔見知りになった菊蔵は親馬鹿丸だしで、息子の話を聞いてやってくれと頼んだのだ。そのために料亭で一席、設けてもくれた。

しかし、弟子を取らない主義の京伝には、あっさりと断られた。京伝はお愛想に、何かいいものを書いたら版元を紹介すると言ってくれた。それを真に受けていた菊次郎は嬉々《きき》として人参湯の二階にたむろしていた連中に喋ったのだ。備前屋はその時のことを憶えていたらしい。

書きたいという思いは山々だったが、いざ筆を取ると、思うように話が進んでくれなかった。反故紙ばかりを増やして、結局、菊次郎はただの一作も完成させてはいなかった。

お龍のことを考え続けていたせいもある。

「あたくしは若旦那が必ずやこの江戸で有名な戯作者になると信じておりますです、はい。そのためにも三馬先生のお作をお読みになってお勉強していただかないことには」

「それで三馬の新作は何んというのだい？」

「『浮世床』でございますよ」

備前屋が応えると菊次郎は鼻先で笑った。

「やはり三馬は野暮な男だね。二番煎じを臆面もなく表しているよ。それに比べて京伝は外題《げだい》からして工夫がある」

「そりゃあ京伝先生は三馬先生とは年季が違いますがね」

備前屋は渋々言った。

「まあ、試しに置いて行ってもらおうか。わたしが借りることを当てにしているんだろ？」

「ありがとうございます」

備前屋は途端に相好を崩し、風呂敷を解いて『浮世床』を菊次郎に差し出した。挿画を担当した画工、歌川国直《くになお》の字が読める。こちらも近頃売り出しの絵師であった。

菊次郎は本を懐に入れると腰高障子の前から離れた。それを待っていたかのように座敷にいた禿頭の年寄りが菊次郎に向かって右手を挙げた。小間物屋「えびす屋」の隠居の善兵衛《ぜんべえ》である。人参湯の常連で菊蔵の友人でもある。この頃は菊蔵よりも息子の菊次郎と親しく口を利く機会が多かった。菊次郎も実の父親より善兵衛に話がしやすかった。

「お早うございます、ご隠居。お越しになっているとは気がつきませんで、ご挨拶《あいさつ》が遅れてしまいました」

菊次郎は如才なく頭を下げてそう言った。商売には疎《うと》いが口は達者である。

「こっちにおいでよ。一緒にお茶を飲もう。どうしたね、浮かない顔をしていたよ。声を掛けようかどうしようかと迷っていたんだよ」

善兵衛は心配そうな表情で言った。

「浮かない顔にもなりますよ」

菊次郎は溜め息をついて善兵衛の傍に腰を下ろした。用が済んだのに備前屋はまだ菊次郎から離れない。一緒に座り込んで話を聞くつもりらしい。

「縁談があるそうじゃないか。祝言の時には呼んでくれるんだろう？」

善兵衛はそう言いながら茶釜の前に座っていた三助の豊吉《とよきち》に顎《あご》をしゃくった。

「ご隠居様、大福はよござんすか？」

十八歳の豊吉は抜け目なく菓子を勧める。

豊吉は越前という雪の深い地方から江戸へ出て来ていた。ちょいとすが目だが色白の若者である。江戸に出て来たばかりの頃は無口でおとなしいと思っていたが、人参湯の客と言葉を交わしている内、なまずるくなったと菊次郎は思っている。それを口にすれば菊次郎がからかい過ぎたからだと誰もが言った。豊吉は交代で三助をしたり、茶の番をしている。

「そいじゃ、適当に見繕ってここに並べておくれ」

善兵衛は鷹揚《おうよう》に応えた。「ご隠居、いつもあいすみません」と、菊次郎が礼を言うと、ちゃっかり備前屋まで頭を下げて一緒に相伴する様子を見せている。何んだ、こいつと思ったが、善兵衛が何事もないふうに肯《うなず》いたので黙っていた。

「なり田屋のおかねちゃんだそうだね？　あの娘なら浮いた噂《うわさ》もなくて大丈夫だ」

「あん、ご隠居まで……」

菊次郎は甘えたような鼻声を立てた。善兵衛は一瞬、顔をしかめて「あんは、やめろ」と窘《たしな》めた。豊吉は大福を懐紙にのせて三人の前に並べながらぷッと噴いた。菊次郎は男の兄弟がおらず、姉のおゆきとばかり遊んでいたので仕種が少々、女っぽいところがあった。

「ご隠居、聞いているでしょう？　うちの内所が火の車なのを」

「………」

「うちのお父っつぁんがあんなふうになったものだから借金取りが、いきなり催促を急《せ》かして来たんですよ」

「菊蔵さんが倒れたから丁子屋の将来に不安を覚えたのだろう。菊ちゃん、これから性根を入れ替えて、しっかりしなけりゃいけないよ」

善兵衛は柔かく菊次郎を諭した。

「だから我慢しておかねと一緒にならなくちゃいけないんですか？　そんな理不尽な」

「商家の跡取りなんざ、そんなものだ。誰もが好きな女と一緒になれるとは限らない。早い話、わしも菊蔵さんも目を瞑《つむ》って祝言を挙げた口だ」

「へえ、その割にご隠居、五人も子供を作ったのはどういう理屈なんです？　目を瞑っている内にできたなんてのは聞きませんよ」

「まあまあ。それはそれ、これはこれ」

善兵衛は悪戯《いたずら》っぽい表情でそう言った。善兵衛は三年前に長男に店を譲っていた。以前ほどではないが、時々は店に顔を出して古くからの客の相手をするという。店では結構、気難しいのだと息子の善助は菊次郎にこぼしていた。善兵衛は利害の絡まない菊次郎だからこそ、気軽な口を利くのだろう。父と息子とは案外、難しい関係なのかも知れないと菊次郎はふと思う。

茶を啜《すす》っていると梯子段を踏み鳴らす足音が聞こえた。

「おやおや、いつもながらお見苦しい顔がお揃《そろ》いで」

四角い顔をほころばせてそう言ったのは日本橋の薬種屋「鰯屋《いわしや》」の息子の与四兵衛《よしべえ》だった。菊次郎と同い年で遊び仲間の一人である。

薬研堀に来る度に菊次郎に顔を見せてゆく。鰯屋が薬の材料の幾つかを丁子屋から取り寄せているという事情もあった。

「お見苦しいとはご挨拶だね。今日は早いじゃないか。やけに働く。さては引手茶屋《ひきてぢゃや》の払いを、また親父さんに肩代りさせたね？」

菊次郎は、すぐに切り返す。

「敵わないなあ、菊ちゃんには。図星」

与四兵衛はひょうきんな顔を拵《こしら》えて周りの者を笑わせた。笑うと細い目がさらに細くなる。だが、頰にえくぼができるので、その顔には愛嬌《あいきょう》があった。

「鰯屋の若旦那、どうぞどうぞ」

備前屋は気を利かせて席を空けた。それから「どうです、若旦那。三馬先生の新作が出たのでございますよ」と、すぐに商売の話に持って行く。

「あ、『浮世床』ね？　もう読んだ。はい、ご苦労さん」

与四兵衛はあっさりといなして菊次郎に向き直った。銭勘定は菊次郎より与四兵衛の方がしっかりしている。

「なり田屋のおかねと一緒になるんだって？　いいのかい、あんなへちゃむくれ。菊ちゃんの好みじゃないだろう？　お龍さん、どうすんの。菊ちゃん、本当はお龍さんと所帯を持ちたかったんだろ？」

与四兵衛は早口で訊《たず》ねた。菊次郎は大袈裟《おおげさ》に溜め息をついて「諦《あきら》めるしかないのさ」と応えた。

「店を立て直すには、それしか方法がないのさ」

「おかねのお金でかい？」

与四兵衛は下手な洒落を言って菊次郎の前の大福に手を伸ばした。菊次郎は手の甲をぴしゃりとやるつもりだったが、与四兵衛は一瞬早く大福を口に放り込んでいた。

「図々しいよ、全く」

「いいじゃないの、友達なんだから」

「豊ちゃん、もう一つ、追加してくれ」

善兵衛がそう言うと、菊次郎は慌《あわ》てて「ご隠居、わたしなら結構ですよ。胸が一杯で、とても大福なんて食べるどころじゃありませんよ。それより、わたしの話を聞いて下さいよ」と言った。

「若旦那、お龍さんてどなたのことです？」

備前屋は呑み込めない顔で菊次郎に訊《き》いた。

「備前屋さん、薬研堀の女筆のお師匠さんのことですよ」

豊吉が訳知り顔で口を挟んだ。

「ああ、薬研堀で滅法界、色っぽい女のことですね？　これはこれは。若旦那があの方に岡惚れしていたとはお釈迦様でもご存じあるめェ、というものです」

「なにさ、備前屋。知らないのはお前だけさ。あちきは耳に胼胝《たこ》ができるほど聞かされているよ。ねえ、ご隠居」

与四兵衛は善兵衛に相槌《あいづち》を求めた。善兵衛は含み笑いでそれに応じた。

「菊ちゃんがお龍さんの話をするのはおもしろいよ。三馬の本よりおもしろい。備前屋さんが言うように菊ちゃんには戯作の才があるのかも知れないね」

「あん、ご隠居。そんなこと言って……」

菊次郎は善兵衛の腕をぶつ真似をして顔を赤らめた。

「だから、あんはやめろと言ってるじゃないか。気色が悪いよ」

「わたしは家のため、店のためにお龍さんを諦めるんだ。一生一度の恋をね。そいでおかねと所帯を持つ。金輪際、お龍さんのことは口にしない。約束するよ。だけど、お龍さんにはひと言、言いたい。いっち、あんたが好きだった。惚れた女はあんた一人と……」

「よッ」

与四兵衛が、すかさず合いの手を入れる。

「わたしの恋もここで大団円を迎える趣向だった……ところが」

「どうした？」

与四兵衛が訊ねると他の者の首も菊次郎に向かって、くいっと伸びる。

「ところが、こんなわたしの切ない気持ちに水を差す奴が現れたのさ」

「だ、誰？」

与四兵衛の顔はもう笑っていなかった。

「藪《やぶ》だよ……」

菊次郎は溜め息交じりに言った。

「藪って？」

与四兵衛が訊ねると豊吉は「米沢町の次郎兵衛店《じろうべえだな》に越して来た佐竹先生のことですよ」と先回りして言った。

「親父の面倒を見てくれている医者なのさ」

豊吉は少しお喋りだと思いながら菊次郎は渋々言った。

「藪なら当てにならないんじゃないの？」

与四兵衛が心配顔で訊く。

「親父が倒れた時、いの一番に駆けつけてくれたんだ。それで親父は命拾いしたようなものさ。今更、断れるものか。三日に一度はうちに来ているよ」

「それで、その藪がどうして菊ちゃんの恋に関わって来るの？」

「藪とは甚兵衛《じんべえ》で顔見知りになったんだ」

「甚兵衛」は薬研堀の元柳橋のたもとに店を出している一膳めし屋だった。夜は酒も出している。どういう訳か、お龍は時々、甚兵衛に顔を出し、忙しい時は店を手伝うこともある。菊次郎はお龍が目当てで度々甚兵衛に通っていた。甚兵衛には善兵衛も与四兵衛も顔を出す。人参湯が休みの日は豊吉も仲間の三助と連れ立って現れるのだ。

「あちきは藪の顔を知らないよ」

与四兵衛は呑み込めない顔で言う。

「忘れたのかい？　浪人のような形《なり》をして髭《ひげ》もじゃの……」

「あ、ああ。あの男ね？　医者には見えなかったけどなあ」

「誰も最初は医者と思うものか。お前、甚兵衛に藪が最初に現れた時のこと知らないだろう？　聞かせてやるよ。上野のお山の桜が散って、春風が心地よく吹いている時分だった。ああ、あの頃、うちの親父が倒れたんだ」

菊次郎は突然、思い出して涙ぐんだ。善兵衛は黙って菊次郎の背中を撫《な》でた。

「その親父が倒れる二、三日前だった。わたしは吉原《なか》の帰りに甚兵衛に寄ったのさ。喜《き》の字《じ》屋（吉原の仕出し料理屋）の台の物は高いばかりで腹の足しにならないからね。ちょいと腹拵えをするつもりだった。お龍さんが珍しく遅くまで店にいたんだ。わたしは嬉しくなった。そこに藪がふらりと現れたんだ。お龍さんがいることを知っていたのか、知らなかったのか、そいつはわからない。だけど、お龍さんは藪が店に入って来た途端、金縛りに遭ったみたいになってしまった。じっと藪を見つめて、しばらくすると、あの眼に阿古屋玉《あこやだま》（真珠）のような涙を浮かべてさ……」

「藪に縋《すが》りついた……」

与四兵衛は先を予想して言う。いいや、と菊次郎は切ない吐息をついた。

「ものも言わず表に飛び出して行ってしまった。後に残った藪は涼しい顔で飯台の前に座り、親父、酒くれ、だ」

話の続きを聞きたくて身を乗り出すようにしている皆んなをよそに、菊次郎は勿体《もったい》をつけて湯呑の渋茶をごくりとやった。

「豊吉、このお茶は混ぜ物だね？　後口《あとくち》が渋いよ」

「あいすみません。うちの旦那が茶の葉の仕入れ先を変えたもので」

「安物にしたんだね。了簡《りょうけん》が狭いよ。そういうことをしていると仕舞いには客をなくすことになるんだからね。旦那にそう言っておき」

「はい……」

「茶の葉のことなんていいから、菊ちゃん、続き続き」

与四兵衛が急かす。

「ああ。その時、甚兵衛の亭主は藪が初めての顔でもあるし、用心して、ここはお客様のいらっしゃるような店じゃございませんと、柔かく断ったんだ。ところが藪の野郎、何んと言ったと思う？」

「何んて言ったの？」

「衆人《しゅうじん》、濁り酒を飲まば我もまた濁り酒をば飲まん、と鹿爪《しかつめ》らしい顔で言ったのさ。たいてい、ふざけた野郎と思わないかい？」

「しゅうじんって牢屋に繋《つな》がれた奴のことかい？　甚兵衛に、そんな曰くのある奴、通っていたのかい。おおこわ」

与四兵衛は大袈裟に首を竦《すく》めた。

「学問のない奴は悲しいねえ。しゅうじん違い。ねえ、ご隠居？」

菊次郎は善兵衛に相槌を求める。善兵衛は湯上がりの赤みもようやく褪めた顔で「藪の言った衆人は、そこいらの人って意味だろう」と応えた。

「そうそう。ご隠居は伊達《だて》に年を取っていないよ。手前ェが藪のくせに、そこいらの人と同じだと思っているんだから、いけ図々しいにもほどがあるよ」

「それで甚兵衛の亭主は藪さんに飲ませて差し上げたんでございますか、若旦那」

備前屋は大福を渋茶で飲み下すと菊次郎に訊ねた。

「藪さんって話があるかい。藪でいいんだよ。そりゃあ、甚兵衛の亭主は商売だから飲ませろと言えば、飲ませるだろうさ。ところが滅法界、酒の強い男でね、ちろり（酒を入れる容器）の酒、五合ばかりを、あっという間に空にしたよ。そいで涼しい顔して出て行った。残ったわたしや、他の客が呆気《あっけ》に取られたの、取られなかったのってなかったよ」

「若旦那、ところで、その藪とお龍さんの間には、どんな経緯があるんです？」

豊吉が無邪気に訊ねた。皆んなもそれが肝心とばかり菊次郎の口許に注目している。

「藪とお龍さんの経緯は……それが皆目、見当もつかないよ。まさか、お龍さんに仔細《しさい》を訊く訳にも行かないし、藪にはさらに気が引ける。謎なのさ」

「何んだよ、何んだよ菊ちゃん。さんざ、気を持たせておいて」

与四兵衛はがっかりして悪態をついた。

「何かわかっていりゃ、わたしだってこんなに悩みはしないよ」

「佐竹玄伯ねえ……」

善兵衛が思案顔で腰高障子の外に目をくれて呟いた。

「ご隠居、何か心当たりがありますか？」

「その男は髭の濃い、体格のがっしりした男かい？」

「そうそう。ぎょろりとした目でね、今は無精髭を生やしているから山ん中で出くわしたら山賊にも間違えそうな奴ですよ」

菊次郎がそう言うか言わない内に善兵衛は、はたと掌を打った。

「佐竹……麹町《こうじ》の佐竹桂庵《けいあん》先生の息子さんだ」

「ご隠居、詳しい話を聞かせて下さい」

菊次郎は善兵衛の前に、つっと膝を進めた。

「佐竹桂庵先生は、さる大名屋敷の奥医師をなさっている偉い医者だ。お龍さんの奉公していたお屋敷じゃなかったかな。息子の玄伯は……玄伯という名前だったかなあ。違うような気もしたが。まあ、それはいい。息子の玄伯は五年ほど長崎で、やはり医者の勉強に行っていたと聞いた。大層な腕だそうだ」

「あのね、ご隠居。いい加減なことはなしですよ。あの藪はうちの店から薬を持って行くんですがね、黄蓮湯《おうれんとう》と延命散《えんめいさん》のふた種類だけなんですよ」

菊次郎は呆《あき》れた声で言った。黄蓮湯は胃腸の薬、延命散は疝癪《せんしゃく》、腹渋《はらしぶ》り、下《くだ》り痛み、二日酔、と万病に効く薬だった。一服七文で安価でもあった。

「そればかりじゃなく、あいつは唐辛子売りから山椒を買っているのを見た者もいるんですから。山椒と知らずに病人が薬料を払っているのかと思えば、わたしも肝が焼けてね」

「木薬《きぐすり》もひらたく聞けば知った草、ってことですね？」

備前屋が覚えている川柳を振り回して余計なことを言う。

「備前屋、三馬の本は読まないよ。持ってお帰り！」

菊次郎は『浮世床』を放り出して癇を立てた。

「菊ちゃん、薬をたくさん出す医者が名医とは限らないんだよ。山椒で病人を治すなら、大したものじゃないか」

善兵衛は備前屋を庇《かば》うように言った。

「へいへい、藪はいい加減な医者だということですね。それだからこそ、藪の藪たる所以《ゆえん》と申せましょう」

備前屋は慌てて取り繕った。

「あのね、備前屋。お前が藪の所以を説くまでもなく、玄伯は藪の謎なのさ。わたしが悋気《りんき》を起こして勝手な渾名《あだな》をつけた訳じゃないんだよ」

「へえ、そいじゃ、手前ェで藪と名乗っている訳で……こいつは畏《おそ》れ入谷の鬼子母神《きしもじん》というものだ」

「あい、さようさ。玄伯なすびというのを聞いたことがあるだろう？　玄は医者、伯は白で素人のこと。つまりは素人の医者ってことで藪なのさ」

「相変わらず、お頭がよろしい」

備前屋はお世辞でもなく感心した顔をした。

菊次郎は言葉の謂《いわ》れに妙に長《た》けているところが昔からあったのだ。

「ところでご隠居。藪が本当に長崎で修業して来た医者なら、どうして米沢町にやって来て町医者なんぞに収まっているんでしょうね。長崎帰りなら箔《はく》がついて、どこかの旗本屋敷にでも抱えられるというものですよ」

菊次郎は腑《ふ》に落ちなくて善兵衛に訊ねた。

「そうだよなあ。ところが藪は小石川の養生所の医者になったらしい」

「小石川養生所というと只《ただ》で病を治してくれる所ですね？」

備前屋が口を挟んだ。江戸の市中を歩き廻っている備前屋は、さすがに世間のことを知っている。薬料を払えない貧民の救済に設けられている施設だった。

「で、藪とお龍さんのことはどうなったの？」

与四兵衛がいらいらした様子で言った。

「菊ちゃん、いったい、どうしたいの？　藪に決闘でも申し込むの？　お龍さんから手を引けって」

「そんな……わたしにそんな腕も力もないよ」

「それじゃ、お龍さんにこれこれこういう訳でなり田屋のへちゃむくれと一緒になりますが、本当は真実、あんたに惚れていた。気持ちだけはわかって下さいと言ったらいいじゃないか」

「…………」

「ああ、もう時間がない。店に戻らなきゃ」

与四兵衛は高くなった陽射しに視線を走らせて、慌てて言った。

「簡単なことだ。菊ちゃん、いつ、お龍さんに言うのさ」

与四兵衛は菊次郎を急かす。

「いつって……」

「今晩かい？」

「今晩は寄合があるから……」

「そいじゃ、明日の晩ね。甚兵衛で言うんでしょう？」

「…………」

「あちき、応援に行くよ。ご隠居も来るでしょう？」

「あ、ああ……」

「あたくしもご一緒してよろしいでしょうか？」

備前屋が恐る恐る訊いた。

「多勢に無勢ということわざがあるから、応援も多い方がいい」

「わたしも行きます」

豊吉が張り切った声を上げた。

「お前は湯屋の仕事があるだろう」

与四兵衛が豊吉を振り返って言うと「明日はうち、お休みなんです」と応えた。

「また、うまく間がいいことに……それじゃ、皆んな、明日の夜は甚兵衛に集合だ。菊ちゃんの一世一代の名台詞をとくと拝聴することにしよう。それで、もしも藪が横槍を入れるようなことでもあれば、あちきも黙っていないから。安心してお龍さんに言うことだ。よし、これで話は済んだ。皆んな、いいね？」

与四兵衛は立て板に水のごとく、いっきにまくし立てると、すぱっと着物の裾を捲って梯子段を下りて行ってしまった。

「わたしは何んだか胴震いがしてきた」

与四兵衛が出て行くと菊次郎は自信のない声で呟いた。

「与四兵衛は菊ちゃんを心底、心配しているんだよ。菊ちゃんが元気を出して丁子屋を盛り立ててくれたらいいと思っているのさ。いい友達だ、与四兵衛は」

善兵衛がそう言うと、菊次郎はたまらず善兵衛の袖に縋って洟《はな》を啜った。

三

菊次郎が店に戻ると、噂をすれば何んとやらで佐竹玄伯が菊蔵の診察をしているところだった。だいたい玄伯は医者の恰好ではない。

医者なら着物の上に十徳《じっとく》を羽織るものだ。

十徳は医者のお仕着せと決まっている。それを羽織っているから医者とわかるのだ。玄伯は藍鼠《あいねずみ》の着物に焦げ茶の袴《はかま》をつけただけで、尾羽うち枯らした浪人という態《てい》である。また無精髭が鬱陶しい。

菊蔵は左手を団扇《うちわ》を扇《あお》ぐように絶え間なく振っていた。玄伯の診察が終わると、母親のお梅と女中のお花が二人掛かりで菊蔵に寝巻きを着せた。菊蔵は呂律《ろれつ》の回らない口で「おれは着せ替え人形らら？」などと冗談を飛ばしている。

若い頃は噺家《はなしか》になりたかったという菊蔵だったから、身体が言うことを利かなくなっても、そんなことを言って周りの者を笑わせるのだ。菊蔵の地口や洒落はさんざん聞かされて来た菊次郎は、今更、何んとも思わないが、玄伯には妙にうけて馬鹿笑いしていた。

「先生、そんなにおかしいですか？」

菊次郎は一応、診察の礼を言ってから醒めた表情で玄伯に言った。

「いやいや、ご無礼致した。大旦那の冗談にはいつもながら笑わせられます。お内儀もお女中も笑っていらっしゃるではないですか。病人の看病となると、ご家族の負担も大変です。中には看病で具合が悪くなる人もおられるというのに、この家ではその心配は微塵《みじん》もない。まことに大旦那のお人柄であります。わたしも色々勉強になります」

「先生、馬鹿言っちゃいけませんよ。よいよいになった年寄りに人柄も何もあったものじゃありませんよ」

「馬鹿を言っているのはあなただ。大旦那の頭は確かです。身体が言うことを利かないだけです」

「そうですかね。わたしには親父がいっぺんにぼけたようにしか見えませんがね」

「何をおっしゃる。あなたのお戻りが遅いので、今の今まで気を揉《も》んでいられたのです。どらはどうした？　どらは寄合をすっぽかすつもりかってね」

「ちょいと先生、どらってわたしのことですか？」

「他にどなたがおられる」

玄伯は涼しい顔で応えた。どら息子を菊蔵は縮めて言っているらしい。何がどらなものかと菊次郎は思う。親のため、店のために気の進まない女と一緒になる自分は、孝行息子と呼ばれこそすれ、どらと呼ばれる筋合いはない。

「ともかく、大旦那はようやく体調も落ち着かれたので、この先は滋養のある食べ物を摂り、気長に養生されることです。微力ながらわたしもお手伝いしたいと思っております」

玄伯はきっぱりと言った。その目が妙に澄んでいるのに菊次郎は戸惑った。あんたはいったい、どういう男なんだ。菊次郎は言えない言葉を胸の中で呟いた。

玄伯はお梅から診察料を受け取ると「ところで今晩あたり、甚兵衛にお出かけになりますかな？」と菊次郎に訊いた。

「さて、わたしは今晩、寄合がございますので……」

「明日の晩はお出かけになりますかな？」

「明日は……」

　明日の晩はお龍に心の内を聞いてもらおうと考えている。玄伯がいては甚だ迷惑である。

「明日もどうなるかはわかりませんね。わたしはこの頃、忙しい身体なものですから」

「そうですか……わかりませんか。それは残念だなあ」

「別にわたしに構わず、先生はお好きな時に甚兵衛にお出かけになればよろしいじゃありませんか」

　菊次郎は小意地悪く言った。玄伯は二、三度、目をしばたたくと「どうも一人であの店に行くのは気が引けます」と応えた。お龍がいるからだと菊次郎はすぐに察しがついた。

「甚兵衛はそんな堅苦しい店じゃありませんよ。先生の気の回し過ぎです」

「それはそうですが……菊次郎さん、つかぬことを伺いますが、そのう……女筆のお師匠さんは甚兵衛と何か繋がりがあるのですかな？」

敵はぬけぬけとそんなことを訊ねた。

「お龍さんのことですか？　お龍さんは店が忙しくなると手伝うこともありますから、あすこの店とは親戚か何かじゃないでしょうか」

「まさか」

玄伯は解せない表情で言った。

「何かお龍さんのことでご不審の点でも？」

「いやいや。ああいう人がああいう店にいるということが、わたしにはどうにも不思議でなりません」

言われてみると確かにそうだ。大名屋敷に奉公までした女が場末の一膳めし屋に出入りすることは、あまり例がない。菊次郎は甚兵衛夫婦とお龍が親戚なのだと勝手に思い込んでいたのだ。

「先生はお龍さんのお知り合いですか？」

「い、いや、そういう訳では……」

玄伯はしどろもどろになった。いよいよ、お龍と玄伯の間にのっぴきならない事情を菊次郎は感じない訳にはゆかなかった。もしや玄伯はお龍の昔の男か？　（いやん）菊次郎は胸の中で悲鳴を上げた。

「それじゃ先生、わたしは用事がありますので、これで失礼致します。ご足労いただき、ありがとう存じます」

菊次郎は一礼して店の方に踵《きびす》を返した。

「ああ、菊次郎さん。来たついでに、いつものをいただいて行きますかな」

玄伯は菊次郎の背中に言った。振り向いた菊次郎は「いつものとおっしゃるのは黄蓮湯と延命散のことですか？」と蔑《さげす》むような口調で訊いた。

「ええ、まあ……」

「毎度ありがとう存じます。あいにく山椒は切らしておりますが」

「山椒などはいらぬ」

玄伯はその時だけ憮然《ぶぜん》として言った。

「どら、くららねェこと言っれれェれ、はやく、しらくをしねェか、全く……」

二人のやり取りを見かねて、床の菊蔵が口を挟んだ。「全く」というところだけはしっかり聞こえた。以前は自分のことを名前で呼んでいた菊蔵である。「どら」と呼ぶのは玄伯が来るようになってからのような気がする。

四

翌日、菊次郎は朝から落ち着きがなかった。休みなので人参湯にも行けず、珍しく店にいて客の相手をして過ごした。店の奉公人はそんな菊次郎を怪訝《けげん》な表情で眺めていた。小僧の八十吉《やそきち》は天気が変わらないだろうかと何度も外に出て空を仰ぐ始末である。奉公人は気楽なものだと菊次郎は胸の中で独りごちる。極楽とんぼだの、どら息子だのと自分の陰口を叩くけれど、店の将来は結局のところ、長男の自分の責任になるのだ。おかねと祝言を挙げるのは店のため、働いている奉公人のためだった。どこか理不尽だと菊次郎は思う。

前夜、柳橋の料亭で薬種問屋の寄合があって、菊次郎は菊蔵の代わりに出席した。何やら哀れむような同業者の目が菊次郎にはこたえた。丁子屋の商売が思わしくないことは、とっくに知られている様子だった。

恐らく、借金が嵩《かさ》んでいる両替商からでも洩れたのだろう。

なり田屋の主人だけは菊次郎が娘の亭主になるということで気を遣ってくれていた。その気遣いが、なおさら菊次郎には切なかった。

店は潰すものかと心の中で堅く決心した。今に見返してやる。丁子屋は薬研堀どころか江戸随一の薬種問屋にするのだ。

菊次郎がそんな気持ちで店に出ているとも知らず、なり田屋のおかねは店の前をわざと通って菊次郎に思わせぶりな顔でにッと笑った。この女とこれから枕を並べて眠るのかと考えたら菊次郎はぞぞっと背中が粟立《あわだ》った。

えびす屋の善兵衛が言ったように目を瞑って、おかねを抱くしかない。

お龍は自分にとって夢のような女だった。

夢だから手に入らないのだ。だが、玄伯に譲るのは承服できない。それは何んとしても。揺れる気持ちを抱えて、菊次郎はとうとう暮六つの鐘を聞いた。


「菊さん、今日はやけにお早いお越しでございますね。ほら、えびす屋のご隠居さんも鰯屋の若旦那も小上がりにいらっしゃいますよ。あらあら、人参湯の豊吉さんもいらっしゃいましたよ。お連れさんもご一緒で。今日は何かいいことがあったんでございましょうか」


お龍は嬉しそうに、そんなお愛想を言った。

菊次郎が甚兵衛に入り、飯台の前に腰を下ろすと、ほどなく備前屋と豊吉がやって来た。

善兵衛と与四兵衛は菊次郎よりひと足早く甚兵衛に来ていた。菊次郎は二人に軽く手を挙げて合図した。備前屋と豊吉は小上がりの方に座った。

「お龍さん、わたしは今日、聞いてもらいたいことがあるんですよ」

「まあ、何んでしょう？」

「いや、それはおいおいに。とりあえず、お酒をいただいてからにしますよ」

「さようでございますわね。夜は長いのですもの、ごゆっくりして下さいましな。何んのお話かわかりませんけれど、あたくしでよかったら何んなりと」

「菊ちゃん、頑張れよ」

与四兵衛が励ましの言葉を掛けた。

お龍は、いつもながら黒八《くろはち》を掛けた婀娜《あだ》な縞物の着物に臙脂《えんじ》の帯、更紗の前垂れをしていた。つぶし島田に結い上げた髪には飴《あめ》色の笄《こうがい》がすっと挿し込まれている。薄紫のてがらがよく似合う。切れ長の眼に地蔵眉、鼻筋が通り、唇は少し厚めである。話す声は女にしては低いが、これがぞくぞくするほど耳に快いのだ。

「まあ、何を頑張るのでございましょうね。楽しみなこと……」

「いえ、あいつはいつもとんちんかんなことを言う奴なので気にしないで下さい」

菊次郎はどぎまぎとなって応えた。お龍に会うと菊次郎はやたら緊張を覚える。今も胸の鼓動が自然に高くなっていた。

「お父さまの具合はいかがです？」

お龍は眉間《みけん》に皺《しわ》を寄せて心配そうな表情で訊いた。

「はあ、今のところ、何んとか生きております」

「まあ、何てことをおっしゃるんです。実の父親に向かって。お大事になさって下さいましな。わたくしも近い内にお見舞いさせていただきますから」

「そんな、お龍さん……」

菊次郎は感激で目が眩《くら》む思いだった。お龍は菊次郎の酒を用意するために板場に向かいながら、他の客に如才なく言葉を掛けた。

「あら留さん、先日はありがとう存じます。お蔭で助かりました。また何かありましたらよろしくお願いしますよ」とか、「熊さん、あのこと、ようやく片がつきましたので、もうご心配なく」などと言っている。他人に話の中味をわからせないように話すのがお龍のくせだった。言葉を掛けられた客は妙に得意気な表情だ。なに、話の中味は埒《らち》もないことに過ぎないのだが。

ちろりの酒を盃に注いでもらい、くっと喉に流し入れると、ようやく菊次郎の緊張もほぐれるような気がして来た。うまく行けば、お龍に胸の内を伝えられるかも知れないと思った。

が、ガラリと戸が開いて、のっそり入って来たのは玄伯だった。すぐに菊次郎の姿を認めると嬉しそうに隣りに腰を下ろした。

「お越しにならないのでは、と心配しておりました。いや、よかった」

玄伯は安心した表情でそう言った。あんたがよくても、こっちはよくない。

豊吉が立ち上がって、こちらを見ると、すぐに与四兵衛達に知らせた。四つの顔が一斉に飯台にいる菊次郎と玄伯を振り返った。

甚兵衛は飯台の前に五つ席があり、三畳ほどの小上がりは衝立を挟んで、客が七、八人座れる程度の狭い店である。その夜は店がすべて塞《ふさ》がって満員御礼だった。ざわざわと、かまびすしい喧騒《けんそう》の中で菊次郎は果たして首尾がうまく行くものかと、次第に不安になっていった。玄伯の出現で菊次郎の不安は、さらに高まっている。玄伯はそんな菊次郎の胸の内など微塵も察する様子はなく、上機嫌で菊次郎に話し掛けてくる。

お龍は玄伯を無視するかのような態度だった。他の客のように気さくに言葉を掛けることはない。黙って玄伯の前にちろりを置くと、離れたところで甚兵衛の女房のおとらと世間話を始めていた。

「先生は小石川の養生所にいらっしゃったとお聞きしましたが」

菊次郎はさり気なく玄伯に言った。内心では早く帰ってくれないだろうかと思っている。

「これはこれはお耳の早い」

玄伯は突き出しの卯の花を舐《な》めながら白い歯を見せた。髭が濃いので尚更、歯の白さが際立って見える。

「米沢町にいらしたのはどういう理由なんです？」

「はあ、養生所の肝煎《きもい》りをなさっている小川先生から町医者の修業をされるのもよかろうとのお勧めで。この辺りは薬屋も多いので無精なわたしも薬造りに往生することもないだろうと思いましてね」

「それだけですか？」

「え？」

「他に理由はないのですか？」

「いや、それだけですが……何か？」

「あの人のことですよ」

菊次郎は声をひそめてお龍の方に顎をしゃくった。途端に玄伯の顔に朱《しゅ》が差した。

「菊次郎さんはどうしてそんなことをおっしゃるんですか？」

「わたしは先生を見ていると、どうしてもお龍さんとの間に何やら事情がある気がしてならないんですよ」

「…………」

黙った玄伯に菊次郎は吐息をついて「やっぱりね」と独り言のように呟いた。

「あなたには関係のないことです」

玄伯は苦い表情で酒を飲み下すと、突き放すように言った。そういう態度で来るのなら菊次郎も容赦はしない。

「わたしはお龍さんを女房にしたいと考えていたのですよ」

「そんな、あなたはあの人より幾つも年下だ」

玄伯は目を剝《む》いた。ほら見ろ、と菊次郎は鼻を鳴らした。

「年なんて関係ありませんよ。惚れたものはどうしようもない」

「それで、あの人は承知したのですか？」

「いいえ、まだ打ち明けていないんですよ。今晩、わたしはいよいよ決心して胸の内を聞いてもらおうと思っていたところです。ほれ、立会人もあすこで待ち構えておりますよ」

菊次郎は斜め後ろにいる四人を振り返ってそう言った。与四兵衛が手を振った。話の内容は甚だ違っていたが、菊次郎は玄伯の手前、そんなふうに言ってみたかった。

「あの人は承知するとは思えませんが……」

玄伯の声が心なしか沈んで聞こえた。

「そりゃ、話してからのことですよ。わたしはこれでも丁子屋の跡取りだ。お龍さんが不自由をしない暮しをさせる器量はあるつもりですよ」

「ま、待って下さい。お察しの通り、確かにあの人とわたしの間には事情がございます。……菊次郎さん、聞いていただけますか？」

玄伯は慌てて菊次郎に言った。

「聞きましょう」

菊次郎が肯くと玄伯は盃の酒をくっと喉に流し入れ、真顔で菊次郎を見つめた。お龍の訝《いぶか》し気な視線が感じられる。

「わたしはお龍さんと、かつて祝言する約束をしておりました」

ついに玄伯は自分の秘密を明かした。その声は存外に大きかったので店にいた者には聞こえてしまったらしい。一瞬、店内はしんとした静寂に襲われた。皆、呆気に取られて玄伯を見ている。

「わたしは長崎で医術の修業をしておりました。修業を終えて江戸に戻ったあかつきに晴れてお龍さんと祝言を挙げることになっていたのです」

玄伯がそう言うか言わない内に、お龍がつかつかと玄伯に近づき、いきなり胸倉を摑《つか》んだと思いきや、玄伯の頰に平手打ちを喰らわせた。お前が勝手なことをしておいて今更、何んだ。黙ってそっとしておいたらいいものを、どういう了簡で自分の周りをうろうろするのだ――お龍は甲走った声で、およそ、そのようなことを早口でまくし立てた。玄伯は全く抵抗せず、お龍のされるままになっていた。

お龍は目に涙を浮かべて、そのまま店から出て行こうとしたが、菊次郎はその手首をぐっと握って止めていた。細い手首だった。その感触にうっとりする暇は、この時の菊次郎にはなかった。ただ、お龍をそのまま行かせてはならないと思っただけだ。

「お龍さん、先生の話を聞きましょう」

「いや！　話なんてありゃしない。この人の顔なんて見たくもないのよ」

「違う。お龍さんはまだ先生に惚れていますよ。わたしにはよくわかった」

「菊さん、唐変木《とうへんぼく》！　惚れてなんかいない。手を放して」

普段のお龍も美しいが激情に駆られているお龍は、どうにも震いつきたくなるほどの美しさだった。それが菊次郎には悲しかった。

「お龍さん、落ち着いて。頼むから……」

菊次郎は涙声でお龍に言った。甚兵衛の女房のおとらが出て来て、お龍の肩を庇うように抱くと、菊次郎はようやくその手を放した。

板場から甚兵衛の亭主も出て来た。髪がすっかり白い亭主は細い身体を白い上っ張りに包んでいる。お龍はおとらに縋って泣いていた。

「あんまりだ、先生。どうしてこの子をそっとしておいてくれないんです。ようやくこの子はあんたのことを忘れて落ち着いて暮しているというのに。またあんたがのこのこ現れて、この子の気持ちを掻《か》き回すんですか」

甚兵衛の亭主は切り口上になっていた。

「あんたが別の娘と祝言を挙げた夜、この子は堀に身を投げて死のうとしたんですよ。それほどこの子はあんたのことを思い詰めていたんだ」

驚きが店内に拡がっていた。こんな藪をお龍が思い詰めていた。菊次郎にはそのことが衝撃だった。

「すんでのことに、わたしと婆さんが引き留めて懇々と諭したものですよ。二、三日は気が狂《ふ》れたようになって、わたしも婆さんもずいぶん心配したものだ。聞けば大層、書が優れている様子だ。それでわたしは町年寄と、そこの菊ちゃんのお父っつぁんと相談して女筆の稽古所をすることを勧めたんだ。ようやくうまく行っている時だったのに……」

菊蔵がお龍に関わっていたとは菊次郎は夢にも知らなかった。菊蔵の身を案じるお龍に合点がいった。玄伯は俯《うつむ》いて、しばらくはものも言わなかった。

「先生、何とか言ったらどうなんです」

菊次郎は黙ったままの玄伯に苛々《いらいら》して言った。

「いかにも、わたしにすべての責めがあります。しかし、ご亭主。いや、皆さんも聞いて下さい。これには訳があるのです」

玄伯は立ち上がった。

「わたしはお龍さんと祝言の約束をして長崎に修業に行きました。蘭学を修めるには長崎に行くのがよかったからです。長崎には五年おりました。二十歳から二十五歳の間のことです。わたしとて木でも石でもない。当たり前の男です。五年の間には酒も覚え……女も」

「理屈を言うな、理屈を」

与四兵衛が吠《ほ》えている。善兵衛が慌てて与四兵衛の袖を引っ張った。

「はい。理屈と言われたらそれまでです。しかし、それはほんの憂さ晴らしのつもりで、わたしは本気ではなかったのです。女は遊女屋にいた者です。歯の浮くような甘言を遣ったことは認めますが、まさか相手が本気で考えていたとは思いも寄りませんでした。わたしは定められた学問を修めて江戸に戻りました。江戸にはお龍さんが待っていました。わたしは船に乗ると同時に女のことは忘れたつもりでした」

「それがどうして？」

菊次郎は怪訝な目を玄伯に向けた。

「はい。江戸に戻ってふた月ほど過ぎた頃、長崎の女がわたしを訪ねて来たのです。諦め切れなかったのでしょう。お百合と言って、その時、十八でした。お百合は船でやって来たのですが、女の一人旅は目に立つと考えたのか、顔に炭を塗り、着物もぼろぼろで、それはひどい恰好でした。わたしはもちろん、大いに慌てました。目の前にお龍さんとの祝言が迫っていたからです。すぐにお百合を追い返すつもりでした。ところがわたしの父親が、そこまで思い詰めて江戸まではるばるやって来たとは健気だ、不憫《ふびん》だと同情してしまいまして……お龍さんとの祝言を反故《ほご》にして、お百合を家に入れてしまったのです。お龍さんのご両親は大層立腹され、以後、わが家とは絶交状態になってしまったのです」

それは無理もないという声が聞こえた。

「わたしは自分の撒《ま》いた種ですから、誰にも不服も言えず、父親の言う通り、お百合と祝言を挙げてしまったのです」

「それで、そのお百合さんとはその後、どうなったんです？」

菊次郎は話の続きを急かした。

「はい。一年ほど一緒に暮しました。しかし、お百合は江戸の暮しに馴染《なじ》めないようでした。特に冬がこたえたようです。何しろ南国育ちでしたからね。親戚はもちろん、親しい友人もできず寂しい思いをしていたようです。わたしの友人達はお百合のせいでお龍さんとのことが駄目になったと恨みを持っていましたから、わたしの所に来てもろくにお百合に言葉も掛けませんでした。わたしはわたしでお龍さんに未練がありましたので、酒ばかり喰らって、ろくに相手もしませんでした。一年が過ぎて冬が間近になった頃、お百合は長崎に戻りたいとわたしに言ってきました。わたしは言う通りにしてやりました。お百合からその後、手紙がまいりました。それにはもう江戸には帰らないということが書いてありました。わたしもすぐに離縁状を送りました。それから二年が経ちました。お百合はもうわたしの妻ではありません」

玄伯はそこまで言うと腰掛けに腰を下ろし、冷えてしまった酒を喉に流し入れた。甚兵衛の店内に重苦しい雰囲気が漂っていた。お龍は泣きやんではいたが俯いて何も喋らなかった。

「しかし、佐竹先生。奥様がいなくなったからと言って、それじゃすぐにこの子と縒《よ》りを戻そうなんてのは、少し虫がよくありませんか？　この子の気持ちはどうなります」

甚兵衛の亭主は納得できない様子で言った。

そうだ、そうだという声が聞こえた。

「はい。それはおっしゃる通りで、わたしは言葉もありません。ただ、お龍さんにわたしはひと言、お詫《わ》びが言いたいのです。縒りを戻すのどうするのは別にして。許していただければそれでわたしの気が済むのです。わたしは扶持をもらって旗本屋敷の奥医師に収まる話を断り、小石川の養生所に入って貧しい人々の治療に当たりました。そこでもずっとお龍さんのことを考え続けておりました。そんなわたしを見兼ねた養生所の小川先生が米沢町に町医者ができるように取りはからって下さったのです。その時は近くにお龍さんが住んでいることは知りませんでした。だから、この店でお龍さんに会った時は心《しん》ノ臓《ぞう》が止まりそうなほど驚いたものです」

「お龍ちゃん、どうする？　先生はこう言っているよ」

甚兵衛の亭主はお龍を振り返って訊ねた。

お龍は首を振るばかりだった。

「先生、先生のお気持ちはようくわかりましたが、この子に、もはやその気持ちはないようです。どうかもう、この子のことはうっちゃっといて下さい。お願い致します」

甚兵衛の亭主がそう言うと「いいや、そうじゃない！」と、菊次郎が口を挟んだ。

「菊ちゃん！」

与四兵衛が甲高い声を上げた。余計なことを言うなという牽制《けんせい》だろう。

「お黙り、与四兵衛。わたしはようくわかった。お龍さんが惚れているのは誰でもない、この玄伯先生なんだ。もしもお龍さんがすっかりその気をなくしているなら、先刻のような態度はできないものさ。そうでしょう、お龍さん。あんたはまだ先生に惚れているんだ、未練があるんだ。今までお龍さんは辛《つら》い気持ちでいただろうが、先生だって辛かったんだ。お龍さん、強がりはよそう。あんたはまだ若い。先生とやり直したって遅過ぎるということはないんだ。黙って先生と一緒になるがいい。それがあんたの倖《しあわ》せだ」

菊次郎はきっぱりと言った。ほうっという溜め息が店内に流れた。善兵衛が立ち上がり、履物を突っ掛けて菊次郎の傍までやって来た。

「菊ちゃん、よく言った。それでこそ男だ。わたしは見直してしまった。それで、あのことはもういいのかい？」

善兵衛は小声になって菊次郎の耳許に囁《ささや》いた。

「もういいんだ、ご隠居。もう……」

菊次郎は俯いて盃の酒を啜った。それは苦い味がした。

「さて、先生」

善兵衛は玄伯に向き直った。

「あんたは本気でお龍さんとやり直したいと思っていらっしゃるんですか？」

「は、はい。もしもお龍さんがそれを承知してくれたらの話ですが」

「お龍さん、あんたはどうだね？　曖昧《あいまい》な返事はなしだ。正直に言うことだ。話によってはこの年寄りがひと肌脱《はだ》ごうというものだ」

「よッ、ご隠居！」

豊吉が掌を打って小上がりから声を掛けた。

そうしろ、そうしろと、客が口々にお龍を煽《あお》った。

「桂順《けいじゅん》さん……本気で？」

お龍が細い声で玄伯に訊ねた。玄伯はやはり表徳で、本名は別にあったのだ。医者の親が自分の息子に藪の名を付けるはずがない。

「はい、お龍さん。わたしは今度こそ……」

二人の視線が微妙に絡み合った時、菊次郎はたまらず表に飛び出していた。そんな菊次郎に構わず、店から歓声が聞こえた。どうやらお龍は玄伯に色よい返事をしたようだ。

菊次郎は丁子屋に戻る道々、拭《ぬぐ》っても拭っても溢《あふ》れる涙をどうすることもできなかった。

その夜が菊次郎の初めての恋の終りだった。切なく甘い、そして苦い恋の終りでもあった。

五

人参湯の二階で菊次郎は腰高障子の外にある手すりに凭れて、ぼんやり往来を眺めていた。空はいよいよ秋の気配を滲《にじ》ませ、空気もそれとわかるほどひんやりとして来た。菊次郎の後ろでは、いつもの連中が車座になって世間話に余念がない。話の内容はもっぱら間近に迫った玄伯とお龍の祝言であった。

玄伯は次郎兵衛店の住まいを畳んでお龍の所へ転がり込む様子である。

「菊ちゃん、障子を閉めておくれ。風が冷たくてかなわない」

善兵衛が菊次郎の背中に声を掛けた。

「はいはい」

菊次郎は障子を閉めると皆んなの傍に腰を下ろした。

「お龍さんの祝言が終ったら、今度は菊ちゃんの番だね？」

与四兵衛が張り切った声を上げる。

「ふん」

菊次郎は気のない返事をした。菊次郎は甚兵衛の夜からほどなく、自棄《やけ》が半分で、おかねを出合茶屋に引っ張り込んでいた。それからのおかねは誰に憚《はばか》ることもないとばかり、大きな顔で丁子屋に通ってくる。

菊蔵を前にして大口を開けて馬鹿笑いしている。菊次郎はそんなおかねを見る度にげんなりとなったが、もう後戻りはできない。

「若旦那、あたくし、若旦那に惚れ直しましたです、はい」

備前屋がそう言うと、善兵衛も与四兵衛も豊吉までも一斉に肯いた。

「惚れた女の倖せを心底、願うなんざ、並の男でもなかなか……」

善兵衛は感心した顔でそう言った。

「いやん、ご隠居。照れるじゃないの」

「また、それだ。やめなさい」

「あの場でわたしが自分の気持ちを伝えたって何んになります？　涙を飲んであぁ言ったんですよ。内心は辛かった……」

「でも、あの夜の若旦那は滅法界もなく男前に見えましたよ」

豊吉が持ち上げた。

「豊吉、皆んなに大福を振る舞っておくれ。なに、わたしの奢《おご》りさ。今日は気分がいい」

「菊ちゃん、無駄遣いするなって」

与四兵衛がこちらの懐具合を心配して、そんなことを言う。

「見損なうんじゃないよ。大福の三つや四つ、十や二十、この丁子屋の菊次郎には屁《へ》でもない」

「おかねがついているからかい？」

与四兵衛はいやなことを言う。菊次郎は与四兵衛のおでこを指先でパチンと弾《はじ》いた。

「れていても、れぬふりをして、られたがり、でございましたね、若旦那」

備前屋は、また知ったかぶりの川柳を振り回した。

「何んだよ、備前屋、れていてもって」

与四兵衛が呑み込めない表情で備前屋の分別臭い顔を見た。

「上にほの字をつけてごらんよ、与四兵衛」

菊次郎が訳知り顔で言った。

「あ、惚れていてもね？　なある……いいね、その文句。あちきも今度遣おう」

「ふん、野暮はこれだから困る。備前屋、珍しくわたしの気持ちはわかってくれたね？」

「わかりますとも」

備前屋は大きく肯いた。菊次郎は渋茶をごくりと飲み下すと、その川柳を胸の中でもう一度、呟いてみた。お龍の笑った顔が同時に胸をよぎった。

備前屋が置いていった式亭三馬の『浮世床』にはお龍によく似た清元の師匠が出てくる。仇《あだ》と呼ばれている女である。久しぶりに読書に熱中した菊次郎はお龍との経緯を戯作に仕立ててみようと思った。表徳は薬研堂馬骨《やげんどうばこつ》。外題は『れていても』にしようと思っている。

概《おお》ね、よい女房

一

本石町《ほんこくちょう》の甚助店《じんすけだな》に新しい店子《たなこ》が入ることになった。大工の初五郎《はつごろう》の塒《ねぐら》の真向かいで、以前に花井久四郎《はないきゅうしろう》という浪人が若い妻と暮していた所である。花井は仕官の口を見つけて甚助店を出て行った。花井の塒は、しばらくの間、空き家となっていたのである。大家の幸右衛門《こうえもん》は甚助店の住人達に新しい店子のことを知らせ、引っ越しして来た時には所帯道具を運ぶ手伝いぐらいはするようにと、いつものように細かいことを言った。

そんなことは今更言われなくても、甚助店の連中なら百も承知、二百も合点のことだった。どんな人がやって来るのだろうと、住人同士、顔が合えば噂《うわさ》をし合っていた。

幸右衛門の話では、どうやら花井と同じ浪人者の夫婦であるらしい。花井の印象が強かっただけに自然、住人達は花井の身代わりが来るような期待をしてしまう。花井久四郎も妻のみゆきも実によい人柄の夫婦だった。年は若かったが、誰しも花井には一目置いていた。だから、花井が仕官のために甚助店を出て行く時は、顔で笑って心で泣いてという心境だったのだ。

幸右衛門の所に、花井から手紙が時々送られて来る。幸右衛門はそれを住人達に読んで聞かせた。花井は張り切ってお務めに励んでいるようだ。みゆきが懐妊して、来年の春には子供も生まれるらしい。花井とみゆきが赤ん坊をあやす顔を想像して住人達も倖《しあわ》せな気持ちになった。今度やって来る住人も、きっと花井のように自分達にすぐさま打ち解けてくれると、半ば信じてもいたのだ。


師走に入り、江戸に初雪が降った頃、新しい住人は慌《あわ》ただしく大八車をがらがら言わせて甚助店にやって来た。しかし、やって来た時は町木戸も閉まろうとする時刻で、甚助店の住人達はすでに床に就いている者が多かった。

新しい住人は自分達だけで荷物を運び入れると、大八は人足でも雇っていたのか、またがらがらと夜道を引き上げて行った。

「お前さん……」

外の様子に聞き耳を立てていた初五郎の女房のおときが、そっと初五郎に呼び掛けた。すでに初五郎の所では狭い座敷に蒲団を敷いて家族が横になっていた。子供は三人。十二歳の清吉《せいきち》、十歳のおゆり、五歳の今朝松《けさまつ》である。時々、清吉の歯ぎしりがカリカリと聞こえていた。真夜中ともなれば、これに初五郎のいびき、今朝松の寝言と、なかなか賑《にぎ》やかである。

「お向かい、引っ越しして来たんじゃないの？」

「らしいな」

ふわりと眠気が差していた初五郎はおときに呼び掛けられて少し不機嫌な声で応えた。

「何もこんな夜中に引っ越ししなくてもねえ」

何か事情があるのだろうと初五郎も思ったが、それを口にするのが億劫《おっくう》だった。初五郎は翌日も仕事があった。大晦日までに仕上げなければならない造作に急《せ》かされている。よく寝ておかなければ身体がもたない。

「人のことはいいから、お前ェも早く寝ろ。弁当が間に合わねェぜ」

まだ喋り続けそうなおときを初五郎は制した。

「何言ってるのよ。所帯を持ってから、あたしがただの一度でも弁当が間に合わないことがあった？」

おときの剣突《けんつく》が初五郎に向かう。口はおときに敵《かな》わない。初五郎は黙る。

「全く勝手なことばかり言うんだから」

おときはぷりぷりして初五郎に尻《しり》を向けた。

いったい、どんな人がやって来たのだろう。

訳ありの者なら、ものの言い方に気をつけなければならない。初五郎はぼんやりとそんなことを考えていた。

「ちょいと、ちょいとごめんなさいよ。わたしどもは昨夜、越して来たばかりで何もわかりませんけれどね、ご挨拶はさておき、とりあえず、おまんまは拵《こしら》えなきゃなりませんからね。大きなおいどが三つも四つも並んでいたんじゃ場所塞《ふさ》ぎというものだ。お米、研《と》がせてもらいますよ」

その女は井戸の周りにいた女房達を押し退《の》けるように米の入った釜をどさりと置いて言った。

痩《や》せたお紺《こん》などは、女の勢いに弾《はじ》き飛ばされたという態《てい》である。甚助店の女房達は最初、呆気《あっけ》に取られて黙り込んだ。女はそんな女房達に構わず、井戸の水を釜に入れると力を込めて、ぐいぐいと研ぎ始めた。その手際はよかった。落ち着いて眺めると、女はかなり体格がいい。年の頃、三十一、二だろうか。浅黒い顔は頰の肉がはち切れそうなほど膨れている。米を研ぐ手もずんぐりと太い。

「ふんとにもう、ここの井戸も水の質が悪いこと……」

女は不満そうな声を洩《も》らした。裏店の共同井戸は洗い物をするぐらいで飲料には適さない。たいていは水売りから飲料用のものを買うのである。

「あの、もうすぐ水売りの人が来ると思いますけど、間に合わないようならお米を炊く分はお分けしますよ」

おときは親切心でそう言った。

「いえいえ、お米とお茶を飲む水は用意してきましたから」

「まあ、そうですか。昨夜は遅くに引っ越しされたようなので、お手伝いもできなくてごめんなさいね」

「そんなお気遣いはご無用ですよ。どうせろくな所帯道具もありませんから」

女は吐き捨てるように応えた。

「御亭《ごてい》さんとお二人でお住まいになるんですか？」

おときは気後れを覚えたが、それでも言葉を続けた。

「御亭さん？　うちの旦那様のことですか？　まあ……そういうことにしておきましょうかね」

女は意味深長な言い方をした。おときは周りの女房達と顔を見合わせた。

「あの、おかみさん、あたしは向かいに住んでいるおときというものです。亭主は大工をしております。えと、こちらはお紺さんで、そちらはお才《さい》さん。それから……」

女房達を紹介しようとしたおときの言葉を女は遮《さえぎ》った。

「あたしは頭が悪いもんで、そう言われてもすぐには覚えられませんよ。人の名前を覚えたって一文の得になる訳じゃなし」

「でも……」

「さて、飯を炊いて、汁を拵えてと。うちの旦那様はろくすっぽ仕事もしないくせに腹だけは一人前に空かせる人なんでね。あい、お世話様」

女はそう言って釜を持って塒《ねぐら》の中に入って行った。ほどなく、自棄《やけ》のように渋団扇《しぶうちわ》をばたばたさせて火を熾《お》こす音が聞こえた。

「何よ、あれ……」

お紺が呆《あき》れたような声で言った。お紺は料理茶屋に勤めている。亭主を病で亡くしてから女手一つで三人の娘を育てていた。甚助店で一番、気が強い。若くして後家になったお紺には色々と誘惑も多い。しっかりしなければという気持ちがお紺をそんな性格にしてしまったのだろう。昔のお紺はおとなしい女だったことを、おときは覚えている。

「聞こえるよ、お紺さん」

おときが制した。

「うちの旦那様だと。どんな旦那様なんだか」

左官職の熊吉《くまきち》の女房のお才も憎まれ口を叩いた。熊吉は図体がでかく、性格も大ざっぱである。お才は身体の小さな女だが立派に熊吉を尻に敷いていた。もっとも甚助店の女房で、亭主の言うことを、はいはいと聞いているような女もいない。黙っていたら亭主達は糸の切れた凧《たこ》のように、どこまでも飛んで行ってしまうような連中ばかりだった。

「大家さん、今度来る人は浪人をしているとおっしゃっていたから、一応、お武家じゃないの？　だったらおかみさんが、亭主のことを旦那様と呼んでも不思議はないけれど」

おときは女の塒の油障子を見つめて言った。

「へえ、そいじゃ、あの人は奥様になるのかえ？　お武家の奥様というのは楚々《そそ》として、どことなく品のあるものだよ。花井さんのところのみゆきさんは、それはそれは感じがよかったじゃないか」

お才の言葉にお紺も他の女房達も肯《うなず》いた。

「おまけに最初に何んて言った？　大きなおいどが三つ、四つだと。手前ェのおいどの方がよほどにでかいというものだ」

お才の悪態は次第に熱を帯びて来る。自然、声も高くなった。

いきなり女の塒の油障子がガラリと開いて「ちょいと、下らないお喋りも結構ですけどね、あんたら、亭主と子供に飯を喰わせてやらないつもりかえ？」と、女が猪首《いくび》を伸ばして声を荒らげた。女房達は慌てて蜘蛛《くも》の子を散らすように、それぞれの塒に引き上げて行った。

二

女の名はおすまと言った。亭主は実相寺泉右衛門《じっそうじせんえもん》という物々しい名で、おすまと違い、こちらは枯れ木のように痩せた男だった。おすまに主導権を奪われている様子で、おすまが傍《そば》にいる時は、あまりものを喋らなかった。

実相寺は羊羹《ようかん》色に褪《さ》めた紋付を着流しにした恰好でいる。帯はそれでも献上博多。着物も帯も、よく見たら上等の品物に思えたが、何しろ着たきり雀《すずめ》だったようで生地に疲れが見える。

桶職人の留吉《とめきち》は、さっそく実相寺に「しくじり定《さだ》」と渾名《あだな》をつけた。芝居役者の中村仲蔵《なかぞう》の当たり役、定九郎《さだくろう》を指している。なるほど尾羽うち枯らしたような雰囲気、伸び掛けた月代《さかやき》は定九郎を彷彿《ほうふつ》させるが、いかんせん、こちらの定九郎は意地も張りも感じられない。

留吉は目敏《めざと》く、そこを突っ込んで、しくじり定と呼んだのだ。しくじり定は乙に澄ましている。しかし、おすまと違い、住人達と顔が合えば「や、お早うございまする」と律儀に挨拶する男であった。驚いたような大きな眼をしていて、鼻筋も通っている。おちょぼ口も上品だ。一つ一つが美形であるのに、鼻の下にたくわえた鯰髭《なまずひげ》のせいか、それとも実相寺の持って生まれた性格のなせる業か、間抜けな印象が拭《ぬぐ》い切れない。

甚助店の住人達は、おすまはともかく、実相寺には親しみを感じ始めていた。実相寺は仕事らしい仕事をしているようにも見えなかったが、時々、商家から揮毫《きごう》を頼まれ、その手間賃で生計を支えているようだった。揮毫と言っても菓子屋などが店先に貼り出す広告の類《たぐ》いである。普段は朝飯を済ませると趣味の盆栽を手入れをし、それが終わると散歩に出かける。師走の江戸は風が滲《し》みるように骨身にこたえるというのに、実相寺はさほど苦にした様子もなく、呑気《のんき》な表情で出かけた。初五郎が仕事をしている前を通り掛かった時は半日も、そこで興味深そうに立ち止まって眺めていたという。

おすまは実相寺が出かけると、凄《すご》い勢いで塒の中にはたきを掛け、箒《ほうき》で座敷の埃《ほこり》を掃き出す。それから戸口、板の間、流しの煙り抜きの窓などに雑巾掛けした。おすまはかなりのきれい好きだった。だから、井戸の傍についている下水の辺りに飯粒や野菜屑《くず》が捨てられているのを見ると「誰だろうねえ、こんな所にものを流す奴は。溝が詰まってしまうじゃないか。これで大雨でも降ったら水が溢《あふ》れて、目も当てられないよ。ふんとにもう……」と憎々し気に言った。

甚助店の子供達が騒いでいる時は大声で怒鳴る。やかましい、ここは野中の一軒家じゃないんだよ、という按配《あんばい》である。人様の子供だろうが頓着《とんちゃく》する様子もなかった。

初五郎の末っ子の今朝松が番太《ばんた》の店（木戸番が内職に出している店）で駄菓子をくす

ねたのを見つけた時、おすまは今朝松の首根っこを摑《つか》まえるようにして、連れ帰った。

「おときさんのところは、どんな躾《しつけ》をしているんでしょうかねえ。この息子はもう、こそ泥のくせがついちまっている。しっかり育てなきゃ、今にあんたが泣きを見ることになるんですよ」

おすまは鬼の首でも取ったように鼻の穴を膨らませておときに言った。おときはおすまに言われて、内心では、はらわたが煮えくり返るほど悔しかったが、今朝松に非があることなので文句も言えない。今朝松の頭に拳骨をくれて、おすまに頭を下げた。今朝松は凄まじい泣き声を上げた。

「ふんとにもう……」

おすまは呆れたような顔で自分の塒に戻って行った。

ふんとにもう……今朝松はそれから、おすまの口癖を呟《つぶや》くようになった。

三

鐘つき堂新道にある小料理屋「おかめ」は甚助店の亭主達がたむろする場所である。

鐘つき堂新道は時の鐘として有名な鐘つき堂のある通りである。だから、鐘が鳴る時は頭にくらくらするほど響く。特に暮六つの頃は誰しも空腹でいることが多いので、腹にもこたえた。

「う、腹にきた。親父、酒くんない」

桶職人の留吉は飯台《はんだい》の前に座るなり慌てて言った。留吉は独り者で毎日のように仕事帰りにおかめに寄る。晦日の給金を貰うと半分以上がおかめの支払いになった。独り者なのでそれも仕方がない。江戸の男達は生涯を独身で通す者は存外に多い。男に比べて女の数が少ないという事情もあった。

「今日は早いね、留さん」

おかめの亭主の亀助《かめすけ》が気軽な声を掛ける。

「もう、大晦日までびっしりよ。たまには息抜きをしねェとな」

「毎日、息抜きしてるじゃねェか」

亀助は苦笑しながら言う。亀助は四十を一つ二つ過ぎた男で体格がいい。反対に女房のおちかは痩せて鶴のようだ。息子は三人いるが、それぞれ料理茶屋に奉公している。今はおちかと二人でおかめを切り回していた。亀助は結構まともな肴《さかな》を出し、酒も吟味しているので留吉のような職人の他、本石町の商家の旦那衆もおかめに訪れる。亀助はそんな旦那衆が来た時は、ひらめの刺身や白魚の卵とじなどを黙っていても出している。留吉や初五郎には卯の花か、きんぴら牛蒡《ごぼう》、魚の中落ちの煮付けがせいぜいであった。客の懐具合に合わせて商売をしているのだ。亀助は甚助店の連中とは気軽な話をするが、旦那衆には慇懃《いんぎん》であった。

留吉よりひと足早く、初五郎がおかめに来ていた。湯屋帰りらしく、つるりと光った顔をしている。

「初さんもやけに早ェじゃねェか。大工もそろそろ仕事が仕舞ェか？」

留吉はちろりの酒を手酌で盃に注ぎ、ぐびりと飲み下してから訊《き》いた。

「馬鹿言え。大晦日までに仕上げなきゃならねェ仕事に急《せ》かされているよ。ところがあいにく、こちとらはお天道様が顔を出している時しか稼がれねェ。冬場はどうしても早仕舞いにならァ」

「んだな。まさか、提灯《ちょうちん》ぶら下げて仕事をする訳にも行かねェしな」

「おうよ。辻駕籠《つじかご》でもあるめェし。そんなことをした日には、近所の奴らが、やれ、火事になるとうるせェ、うるせェ。それよりも、さっさと戻って来た方が身のためだ」

「ところで坊主は一緒じゃねェのか？」

留吉は湯屋に行く時に決まって傍にいる今朝松がいないことで初五郎に訊いた。

「今日は嬶《かか》ァと女湯に行くんだと」

「そいつはいいなあ。おれも今朝松になりてェ」

「何言ってる。手前ェはいつも湯屋の二階から女湯を覗《のぞ》いているじゃねェか」

初五郎は留吉をからかう。おちかが眉間に皺《しわ》を寄せて「あらいやだ。今度は違う湯屋に行かなくちゃ」と慌てて言った。

「誰が手前ェの洗濯板みてェな裸に乙な気持ちになるもんか。留さんのお目当ては若いぷりぷりした娘っこさ」

亀助が口を挟《はさ》む。

「親父、洗濯板はひでェ。おかみさんは、もう少し、で、こ、ぼ、こ、がついてらァ」

初五郎はおちかを庇《かば》うつもりで言ったが、おちかは唇を尖《とが》らせ「でこぼこって何んでござんすか？」と初五郎を睨《にら》んだ。言わなければよかったと、初五郎はおちかの視線を避けて俯《うつむ》いた。

「ところで、初さんの所、新しい店子が入ったんだって？」

亀助は小鉢に卯の花を盛りつけながら訊いた。

「ああ。滅法界、変わった夫婦者よ」

「しくじり定のことかい？」

留吉が合いの手を入れる。

「何んですか、しくじり定って」

おちかが留吉の前に亀助から受け取った小鉢を置いて訊く。ついでに酌をした。おちかは黒八《くろはち》を掛けた縞の着物に紺の前垂れを締め、年に似合わない茜襷《あかねだすき》で袂《たもと》を括《くく》っていた。いかにも食べ物商売屋のおかみらしく、かいがいしい。頭痛持ちなのでこめかみのところに年中、小さく切った膏薬《こうやく》を貼りつけていた。

「あのさ、おかみさん。しくじり定っていうのはね……」

留吉が身振りを加えて実相寺の説明をしようとした時、噂をすれば何んとやらで、その実相寺がいきなり戸を開けて姿を現した。初五郎は、ぎょっとして留吉の背中をどやした。

「えー、拙者、この店は初めてでござるが、お邪魔させていただいてもよろしいかな？」

奇妙に甲高い声の実相寺と亀助は呆気に取られて見ていた。

「ほら、親父。実相寺さんが飲ませてくれるかと聞いているんだぜ」

初五郎は亀助にそう言った。

「へ、へい。どうぞ、こちらに……」

亀助は留吉の席を一つ移動させて、初五郎の隣りに実相寺を座らせた。おちかが慌てて盃を持って来て実相寺の前に置いた。実相寺は初五郎の顔を見て安心したように笑い、首の襟巻きを弛《ゆる》めた。

「旦那はこういう所にもお出かけになるんでございやすか？」

初五郎は実相寺の酒に燗《かん》がつく間、自分のちろりから実相寺の盃に注いでやりながら訊いた。

「いや、あまりない。かつては室町《むろまち》の『百川《ももかわ》』という料理屋に一、二度来たことはある」

室町の浮世小路にある「百川」は江戸では指折りの料理茶屋である。初五郎と亀助は顔を見合わせて少し驚いた表情になった。

「親父、この人が今度、新しく越して来た実相寺さんだよ」

初五郎は亀助に言った。

「何んとか定さんかい？」

亀助が留吉の言葉を受けて応えると、留吉はうぷっと飲んでいた酒を噴き出した。

「足下《そっか》（貴殿）、大丈夫でござるか？」

実相寺は心配そうに留吉の背中を撫《な》でた。

「旦那、あっしはそっかという名じゃござんせんで留吉と言いやす」

そうか、とは実相寺は応えなかった。足下は武家社会で目上の者が目下に呼び掛ける言葉である。字面《じづら》から受ける感じとは別に、へりくだった言い方として遣われる。貴様はこの逆で、字面は畏《かしこ》まっているが相手をさほど崇《あが》めてはいないようだ。

「足下らは、いつもこういう場所で無聊《ぶりよう》を慰めておいでか？」

実相寺は留吉にとも初五郎にともつかずに畳み掛けて訊いた。

「旦那、ちょいとあっしも気になるんですが、そっからは、あんたらという意味でござんすか？」

　初五郎は柔らかく訊き返した。

「さようでござる」

　実相寺は小鉢の卯の花に箸《はし》をつけて応えた。

「亭主。美味でござるな。このように美味なもの、拙者は生まれてから口にしたことはござらぬ」

　実相寺は顔を上げると嬉しそうに亀助に言った。

「あん？」

　留吉が今度は呆気に取られて実相寺を見た。

　実相寺は相変わらずの紋付の上に仕立て直しのような綿入れを重ね、襟巻きにしていた八幡黒《やわたぐろ》の頭巾を首からだらりと下げて大事そうに盃の酒を啜《すす》っていた。留吉も自分のちろりから実相寺に酒を注いでやり「旦那、卯の花を喰ったことがねェなんざ、嘘でござんしょう？」と訊いた。

「いや、まことのことでござる。屋敷では味もそっけもない食事ばかりでの、鯛の塩焼きは冷めてぼそぼそ、酢の物は味がない。吸い物もただの湯のようで、全くもってつまらなかった。幸い、おすまが時々、うまい物を差し入れてくれたので何んとか凌《しの》いでおったが。拙者は屋台の田楽が大層好みであった。世の中にあんなうまい物はない。いや、この小鉢もうまい。卯の花と申したか？　よい名前である。卯の花、卯の花……」

亀助はおちかに顎をしゃくって燗のついたちろりを実相寺の前に持って行かせた。

「さあさ、旦那。これからもご贔屓《ひいき》に」

おちかは愛想よく実相寺に酌をした。実相寺の手が自然に動いて、おちかの尻をつるりと撫でた。おちかは、きゃッと悲鳴を上げた。

「いや、これはご無礼申した。手が勝手に動きました。平にご容赦のほどを」

実相寺は畏まって頭を下げた。おちかは警戒した眼ですぐに実相寺の傍から離れた。留吉は噴き出しそうになるのを堪《こら》えるため、掌で口を覆った。

「旦那は今までお屋敷にいらしたんですかい？」

初五郎は恐る恐る訊いた。

「いや、甚助店に来る前に半年ほど別の家に住んでおり、その前が屋敷におった。以前の所には屋敷の連中が押し掛けるので、おすまがいやがっての、思い切ってこちらに引っ越して来たという訳でござる」

おかめは飯台と小上がりのついた狭い店であるが店のたたずまいには気を遣ってある。戸は格子をはめ込んだものだし、縄暖簾《なわのれん》ではなく柿色の暖簾は「おかめ」という字が崩して染め抜かれたものだ。店の土間は白い玉砂利を敷き詰め、隅に笹竹の鉢をさり気なく置いている。小上がりの畳も青いし、使っている座蒲団も新しいものばかりである。

実相寺はおかめの粋な風情に誘われて、つい暖簾を潜《くぐ》ったのだろう。

「だけど、おすまさんは旦那の奥様でげしょう？　お屋敷の人が訊ねて来ても、別に構わねェんじゃござんせんか？」

酒の酔いがふわりと回った初五郎は口が軽くなりそんなことを訊いた。色白の実相寺の顔にもほんのり朱が差していた。

「おすまは屋敷に奉公していた女中でござる。故あって拙者と暮しを共にするようになった。おすまがいなければ拙者は生きることも儘《まま》ならぬ」

生きることも儘ならぬと言った実相寺の言葉が、なぜか初五郎の胸に重く響いた。

「なある……するてェとおすまさんは旦那のおかみさんではなくて、女中さんでござんすか。道理で夫婦者にしては釣り合わねェと思っておりやした。年もね、だいぶ違いやすよね？」

留吉は興味津々の表情で訊いた。

「拙者が五十二で、おすまは……三十一か」

実相寺は遠くを眺めるような目付きで言った。

「あちゃあ、旦那とおすまさんはひと回り以上も違うんですかい。こいつァ……」

留吉は心底、驚いた声を上げた。亀助も「そいつは羨《うらや》ましいというものですよ。旦那がおすまさんとできちまったのは幾つの時です？」と首を伸ばすように訊いた。おちかが亀助の腰をどんと突いた。

「親父、そんなこと聞いちゃ、旦那に失礼だよ」

初五郎も実相寺に気を遣う。実相寺は意に介するふうもなく「拙者、一つだけ悪いくせがござっての」と呟いた。

「え？」

「何んです？」

「早く……」

おかめには幸い、初五郎達の他に客はいなかった。早くと急かしたのは亀助である。何が早くなのか初五郎は亀助の顔を見た。小鼻が膨らんでいる。

「父親譲りで、すぐに屋敷の女中にその……手を出してしまうと申すか、下々の言葉で惚《ほ》れてしまうと申すか……」

「そ、それでおすまさんにも？」

留吉が途端に早口になった。

「おすまは三人目でござる。最初はおしずで、それからおまさで……皆、十八の番茶も出花という年のおなごばかり。おなごは若いのに限る。のう、初五郎殿」

「う……」

初五郎は返答に窮して妙な声を洩らした。

「ほ、色男」

亀助がからかった。

「面目もない」

実相寺は照れて赤い顔をさらに紅潮させた。

「だが、結局、旦那と一緒にいることになったのはおすまさん一人ということですね？」

深い事情はわからなかったが初五郎は今の実相寺のあり様からそう言った。

「さよう。もとは女中と申しても、拙者も陋巷《ろうこう》に身をやつしている今、おすまを女中扱いするのもいかがなものかと考えておるのだ。足下らの言葉で女房と申しても過言ではなかろうの」

実相寺はしみじみとした口調で応えた。

「あのですね、旦那。ろっこに身をやつすって何んですか？　こちとら学問がねェもんで、とんと意味がわかりやせん」

留吉がそう言うと、実相寺はまた黙った。その顔は留吉を軽蔑《けいべつ》するというのではなく、うまい説明を思案している様子だった。

「陋巷ってェのは下々の暮しってことですかね？」

亀助が小首を傾《かし》げながら言った。

だ。

「さよう、さよう。だいたい、そのような意味でござる」

実相寺は卯の花を舐《な》めて肯き、先刻のお返しとばかり、初五郎と留吉の盃に酒を注いだ。

「旦那、いかがですか、裏店住まいは？」

初五郎は話題を変えるように言った。

「なかなか結構でござる。手を伸ばせば何んでも事足りるのがよろしい」

実相寺が言うと留吉は苦笑して鼻を鳴らした。

「そりゃあ、裏店住まいは狭ェに決まっていますがね。誰も好きこのんで、そこにいてェ訳じゃねェんですよ」

「ほう、さすれば足下らは別の所で暮したいと思っておいでか」

実相寺は留吉に向き直った。

「当たり前ェですよ。ばんと表通りに一軒家を構えてェと思っておりやす。旦那、そっちの初さんは大工をしておりやすがね、生まれてからこの方、人の住む家ばかりこさえて、手前ェの所は物置一つ建てられねェんですよ。世の中、そんなもんです」

「初五郎殿が大工であらせられるのは存じております。足下は何を商って糊口《ここう》を凌いでおられる？」

実相寺は留吉に訊いた。

「ろっこの後はこうこですかい？　まあ、こうこ（漬け物）は毎日喰っておりやすが」

実相寺はまた黙る。初五郎は苦笑した。糊口を凌ぐは幸右衛門も時々、口にする言葉なので、何んとなく意味は知っていた。

「留さんは桶職人をしておりやす」

「ほうほう、桶をね。あれも年季のいる仕事でござる。箍《たが》が弛むという言葉があるが、まさに箍の弛んだ桶は使い物にならぬのであろうの」

「旦那、物知りでござんすね。その通りですよ」

留吉は得意そうに桶ができ上がるまでの工程を実相寺にあれこれと話して聞かせた。実相寺は興味深い表情で留吉の話を聞いている。

初五郎にとって実相寺は実に変わった人物に思えた。同じ浪人でも花井とは違う。花井は相手にさり気なく話を合わせる男であった。

実相寺にはそれがない。かと言って初五郎達を貶《おとし》めている様子でもない。実相寺の態度はあくまでも自然体である。その夜、実相寺と酒を酌み交わしたことで、初五郎と留吉は以前にも増して実相寺に親しい感情を抱くようになった。

四

今朝松は毎日、何かしらおすまに叱《しか》られていた。お紺の一番下のお花も同様である。おときもお紺も、人の子供を遠慮もなく叱るおすまに、次第に悪意のようなものを感じるようになった。しかし、当の今朝松もお花も今では慣れてしまったのか、一向気にする様子もない。今朝松は、おときが買い物に出ている間に、おすまから貰った焼き芋を頬張っていたりする。おときが礼を言うと「腹が減ったと騒ぐんで、うるさくて敵わないからさ」と憎まれ口を利いた。おときはそれから、ろくに礼を言う気もしない。

料理茶屋に勤めているお紺は夜になると出かける。すると姉達に余されたお花はおすまの所へ出かけ、お紺が戻るまで自分の塒に帰ろうとしなかった。そのまま眠り込んでしまうこともある。するとおすまは「お花ちゃんの姉さん達はろくに妹の面倒を見ないから、あたしの所に来るんですよ。ふんとにもう……仕方がないから朝まで寝かせますからね」と夜中に戻って来たお紺に言った。お紺がどうでも自分の所に連れて帰ると言えば「風邪を引かせるつもりかえ？」と眼を吊り上げて怒った。

おすまの行為はありがたいのに、お紺はやはり、おときと同じで素直に礼を言う気にはなれなかった。

井戸端で女房達が集まれば自然、おすまの悪口になった。

その朝も、朝食の後片付けと洗濯のために井戸端に集まった女房達は、おすまと実相寺が慌ただしく出かけたのを幸いに、盛大におすまの話を始めた。

「うちの人、昨日、門口《かどぐち》の近くで立小便しているのをおすまさんに見つけられて怒鳴られたって」

おときは洗濯物に灰汁《あく》の上澄《うわず》みをつけながら口を開いた。灰汁の上澄みは洗剤の効果がある。樽に拵えて誰でもが使えるようにしてあった。ただし、あまり使い過ぎると手が荒れる。冷え込みもきつくなったので洗濯一つするのも女房達には辛い季節だった。しかし、甚助店の女房達で泣き言を洩らすような意気地なしはいない。

「それで初さん、黙って聞いていたのかえ？」

お才も茶碗を洗いながら訊いた。熊吉の茶碗はまるで丼のように大きい。

「ううん、うちの人だもの。出た小便が引っ込むかって口を返したみたい」

それもそうだと女房達が笑った。

「その後で、おすまさん、当て付けのようにうちの人が立小便した所に水を掛けて、まるで犬だね、と言ったのよ。腹立つって、うちの人、怒る、怒る」

「殿さんだって川原で気持ちよさそうにしていたよ」

お紺が口を挟んだ。

甚助店の女房達は、いつの間にか実相寺のことを「殿さん」と呼ぶようになった。留吉も最初は、しくじり定と渾名で呼んでいたが今では殿さんである。実相寺さんと呼ぶのが、まどろっこしいせいもあったろう。殿さんは全く殿さんで、これ以上の呼称はなかった。

　しかし、実相寺が殿さんだからと言って、おすまのことを誰も姫さんとは呼ばなかった。

「おときさん、殿さんのこと、おすまさんに言ってやればいいんだ」

　お才が言った。

「もういいよ。おすまさんには何を言っても敵いっこないもの」

　おときは溜め息交じりに応えた。

「桶屋の留さんなんざ、独り者だろ？　博打《ばくち》ですってんてんになって戻って来て、門口の柱を自棄《やけ》になって蹴《け》飛ばしたら、おすまさん、血相変えてやって来て怒鳴ったって」

　お才は訳知り顔で言った。

「それでどうしたの？」

　おときは手を止めてお才の口許を見つめた。

「そりゃ、うるせェやと口を返したみたいだよ。でもね、おすまさんは、せっかく汗水垂らして働いたお足を下らない博打につぎ込んで、親が聞いたら泣くよ、と意見したんだ」

「へえ、大したものね」

　お紺は感心した声を上げる。

「留さんはそれでも、おれが稼いだ銭だ、他人に四の五の言われる筋合いはねェとほざいたけどさ。でも、おすまさん、それで怯《ひる》むものか。博打は胴元にならなきゃ儲からない理屈になっているんだ。それもわからないのか、このとんちきって」

それはそうだと、おときも思う。お才は話を続けた。

「留さん、江戸に出て来た椋鳥《むくどり》だから、親身になって小言を言う人がいなかったんだよね。それで、ぐっと来たのかどうかは知らないけれど、仕舞いには、へい、気をつけますって頭を下げたってさ」

留吉にはおときも意見してやりたいとは思っていたが、面と向かうとやはり言えなかった。大の男が黙って言うことを聞くとも思えない。おすまの小言は留吉にとってよかったのだと思う。おすまの言い分は正しい。間違ってはいない。けれど、どうして反感を覚えてしまうのだろう。おときは胸の中で考えていた。その答えはわからなかった。

「だけど、おすまさん、青物屋や魚屋ともしょっちゅう喧嘩《けんか》しているよ。負けろ、負けないで」

お紺は横槍を入れた。どうでもおすまのこき下ろしをしなければ気が済まないという様子だった。

「そうそう。とてもあたしはあそこまで言えない。おときさんもそうだろ？」

お才がおときに相槌《あいづち》を求める。おときは曖昧《あいまい》に肯いた。言えないけれど、言いたい時もあったからだ。

「殿さん、何んにもおすまさんには言わないよね？　あれは言ってもしようがないから言わないのか、それともおすまさんが怖くて言えないのか、どっちなんだろうねえ」

お紺は小首を傾げて言った。

「そりゃ、言えないのさ。何から何までおすまさん任せだもの。内職のお代を取りに行くのもおすまさんだし……結句、殿さんもずるいのさ。おすまさん任せにしてりゃ楽だもの」

お才の言葉に女房達は肯いた。

「おやおや、お揃いですね」

羽織の袖口を胸許で合わせ、しゃなりしゃなりと幸右衛門がやって来て女房達に声を掛けた。

「まあ、大家さん、お早うございます」

女房達は立ち上がって一斉に頭を下げる。

「いよいよ今年も終わりですね。皆んな、息災でお正月を迎えられるなんて何よりですよ」

幸右衛門は穏やかな笑顔で言った。

「本当にそうですね」

おときが相槌を打つと他の女房達も肯いた。

「おや、おすまさんの姿が見えないようですけど……」

「あの人は朝早く、殿さんとお出かけになりましたが」

おときが応えると幸右衛門は眉間に皺を寄せた。「具合が悪いのでしょうかね」と独り言のように呟いた。

「何か？」

おときが怪訝《けげん》な顔をすると「なになに、こっちの話ですよ。ところでね……」と、すぐに話題を変えて女房達に向き直った。

「恒例の餅つきはいつにしましょうかね。初さんも熊さんも今年は暮まで仕事があるようですから、無理なことも言いたくないのですよ。よそは二十六日に餅つきをすると言っても、うちの方はちょいとそれは難しいし……やはり三十日にでもしましょうかね」

そうそう、と女房達が同意した。幾ら忙しくとも餅つきぐらいは亭主達に手伝ってもらわなければならない。それには三十日あたりが都合はよかった。裏店の厠《かわや》の下肥《しもごえ》は近郊の農民に売り、暮の餅つきの代金に当てている。

餅つきは甚助店の住人が揃って行なっていた。

「あんた達、煤払《すすはら》いはあらかた済んだのだろうね？」

幸右衛門はそれぞれの塒を見回して訊いた。

「あたしらは済みましたけど、留さんと梅さんの所はまだのようです」

　お才が口を挟んだ。

「全く、あの二人と来たらいつもこうだ。年の暮の煤払いぐらい、きちんとやって清々《すがすが》しい気持ちでお正月を迎えられないものかねえ」

　またぞろ、幸右衛門の小言が始まる。

「おときさん、お才さん。あいつらが帰って来たら、煤払いをしないようなら餅はやらないよと脅しておくれ」

「はいはい」

　おときは含み笑いで応じた。

「じゃ、前日に糯米《もちごめ》を届けさせるから、いつものように洗って水に浸けておいておくれ。せいろはわたしが当日の朝に運びますから。そうだ、おときさん。初さんが帰って来たら、ここに竈《かまど》を拵えてもらっておくれ」

「承知致しました」

「あんころ餅は造った方がいいかね？」

　幸右衛門は悪戯《いたずら》っぽい表情になる。わかっているくせにと、おときは、ふっと笑った。

「そりゃあもう、大家さん。あたしらも子供達も好きですから」

　お紺が眼を輝かせて言った。

「そいじゃ、うちの奴に小豆を煮させて……納豆と大根おろしを絡《から》めたのは、わたしの好物なんだが……」

「大家さん、それはちゃんと用意しておきますよ」

お才が張り切った声で言った。

「餅つきというのは、妙にわくわくするものですね。わたしも年甲斐《としがい》もなく楽しみなんですよ」

幸右衛門が子供のような表情になったので女房達は声を上げて笑った。

「そいじゃ、お願いしますよ。わたしはまだ他に用事があるもので。ああ忙しい、忙しい」

踵《きびす》を返そうとした幸右衛門に、おときは慌てて声を掛けた。

「大家さん、ちょいとお訊ねしたいことがあるんですよ」

おときはおすまのことをそれとなく訊ねたかった。

「何んですか、おときさん」

「あのう、おすまさんのことなんですが……」

「おすまさんがどうかしましたか？」

「言い難いことを申しますが……殿さんは別に構わないんでございますが、どうもあたし達、おすまさんと反《そ》りが合わないんです」

そう言ったおときに幸右衛門は、つかの間、黙った。

「何んとか仲良くやりたいのですが、なかなか……」

「困りましたねえ」

「悪い人じゃないことはわかっているのですが、どうもあの物言いについて行けないんですよ」

「あの人も色々とあったから……」

幸右衛門は大袈裟《おおげさ》に吐息をついた。

「ですから、おすまさん、どんな経緯でここに来たのか話していただけませんか？　少しはあの人のことをわかってやれるような気がするんです」

「そんなこと、必要ありません」

幸右衛門はにべもなかった。

「でも……」

「お武家さんが身を持ち崩して裏店住まいをしているんです。それなりの事情がありますよ。でもね、その事情を話したところで、おすまさんは変わる訳でもないんですよ。人間ですからね、反りが合わないことの一つや二つはありますよ。あんた達もいい大人なんだから、そこのところはうまくやって下さいよ。おすまさんのことは……できればそっとしておあげなさい。よそに行って、これこれこんな夫婦がいるとお喋りするのもいけません。せっかく静かに暮しているんですから」

どこが静かなものか。おときは口を返したくなったが、幸右衛門の取りつく島のない態度に、それ以上は言えなかった。何か訳ありの、それも世間に言うのも憚《はばか》られる事情が実相寺とおすまから感じられる。おときは喉に刺さった小骨のように、その事情が引っ掛かっていた。

五

三十日は曇り空だったが風もなく穏やかな日であった。初五郎はようやく前日までに仕事のけりをつけ、その朝は晴れ晴れとした表情であった。熊吉だけはどうしても抜けられない仕事があって餅つきには参加できなかったが、他の男達はほぼ顔を揃えている。

井戸の近くに竈を設《しつら》え、その横には臼《うす》と杵《きね》がきれいに洗われて出番を待っていた。初五郎と、同業の大工の梅吉は、餅がつき上がった時に丸めたり伸ばしたりする台をすばやく拵えた。漉《こ》し餡《あん》も鍋に山盛り、大根おろしも納豆も大きな丼に山盛りになっている。乾物屋の元番頭らしく、幸右衛門が差し入れた浅草海苔の用意もあった。

塒の前には夏の涼みに使う床几《しょうぎ》が持ち出され、用事のない子供達や年寄りが座って待っていた。やがて、竈に火が入れられ、せいろに糯米が蒸《ふ》かされると、塒の中にいた住人達はぞろぞろと外に出て来た。竈の熱とせいろの湯気で、辺りは冬だというのに、ほんのり温もりさえ感じられる。

実相寺とおすまも、もちろん、その中に混じっていた。おすまは襷掛けもかいがいしく、やる気十分で臼の前にいたが、実相寺は床几に座って呑気に煙管《きせる》を遣っていた。

「ちょいと、何んだろうねえ。あんなにでんと構えてさ」

お才が臼の前にいるおすまを見て小声で囁いた。

「しッ、聞こえる。皆んなの手伝いをしようというのだから殊勝な心掛けじゃないの」

おときもひそひそと応えた。

「嬉しそうだよ。あの女でも餅つきは楽しみなんだねえ」

お紺が含み笑いを洩らした。おすまはおとき達を何気なく振り返った。三人は慌てて手を動かして取り繕《つくろ》う。幸右衛門も襷掛けに紺の前垂れをつけて、盛んに皆んなに指図していた。せいろの蓋《ふた》を取り、糯米を摘んで口に入れると「おお、よく蒸かし上がった。留、いいかい？　行くよ」と、せいろを持ち上げて臼の方に移動した。

「梅さん、ほら邪魔だって言うのに。大家さんが躓《つまず》くじゃないか」

おすまは声を荒らげた。梅吉は慌てて横に飛び退《の》いた。幸右衛門がせいろを臼の上に逆さにし、敷いていた晒《さらし》の布巾を剥がすと、真っ白な糯米がほかほかと湯気を立てた。

留吉は杵に水を掛け、臼の端から器用に糯米を捏《こ》ね始める。なかなか手つきもいい。それでもおすまは不満そうに「もっと腰を入れて！」と怒鳴った。

また始まったとばかり、お紺はおときの肘《ひじ》をつっ突いた。

「やらせておおきよ。手間が省《はぶ》けるというものだ」

おときは諦《あきら》めているのかそんなことを言う。

「おときさん、次のお米、すぐに蒸かして下さいな」

おすまはすぐさま、おときに命じた。火の番をしている初五郎には薪《まき》をくべろとうるさい。糯米を蒸かすには強火でなければならないと能書きも垂れた。

「ああ、おすま。あまり立て続けに指図しては皆が面喰らう。ぼちぼちさせるように」

実相寺が見兼ねて声を掛けた。

「旦那様、餅つきは勢いと気合いでございます。ぐずぐずしていたらお餅ができないんでございますよ」

おすまは何を悠長な、というように実相寺を制した。おすまは餅つきの相方を買って出た。

なかなか鮮やかな手捌《てさば》きである。

「殿さん、おかみさんはうめェもんですねえ」

初五郎は実相寺の傍に行ってお世辞でもなく言った。

「ふむ。あれは餅つきとなると張り切るおなごでの」

「さいですか。どうりで年季が入っておりやす。お屋敷でもおかみさんが取り仕切って餅つきをしていたんですかい？」

「さよう。誰も手も口も出せぬ。餅つきの首尾はあれの生まれた村で覚えたものだろう」

実相寺は愉快そうに笑った。

エイホ、エイホ、留吉は掛け声よろしく杵を振るう。餅つきは甚助店の男達が交代で行う。

以前に初五郎がその気になって続けて餅をつき、腰の骨をずらしてしまうということがあった。それからは、幾らそそのかされてもむきになってやらないことにしている。

「最初はおそなえを造りますよ。いいですね？」

幸右衛門が女房達に言った。

「お餅、まあだ？」

子供達が催促していた。

「ああ、大家さん。子供達が待ち兼ねている様子ですから、とりあえず、先に口に入れてやってはどうかの？」

実相寺が口を挟む。すかさず、おすまは「最初はおそなえでございます。後で足りなくなったと言っても取り返しがつきません」と、にべもなく応えた。幸右衛門はそれもそうだと納得した様子で「じゃあ、やはり、造るものは先に造って。後でゆっくりいただきましょう」と言った。

ひと臼目の餅がつき上がると、女房達はさっそく、おそなえ用に餅を丸め始めた。そこでもおすまの叱責《しっせき》が飛んだ。

「そんなに粉をつけちゃ駄目だよ。お紺さん、あんたのおそなえは何んだえ？　煎餅《せんべい》を拵えているつもりかえ」

おときはぷっと噴いたが、お紺はむっと頰を膨らませた。

「おすまさん、どんなふうにしたらよござんすか？　お手本を見せて下さいましな」

お紺は当てつけがましく言った。

「ふんとにもう、餅一つ丸められないんだから」

おすまはぶつぶつ言いながら、その太い指で器用に餅を丸めた。表面に皺一つない見事なおそなえができ上がった。

「おすまさん、本当に上手。もう一度やって下さいな」

おときは思わず感嘆の声を上げた。ふんとにもう、おすまは呟いたけれど、さほど面倒臭そうでもなく親切に教えてくれた。

「自分なりにやって来ましたけど、こうして改めて教えていただくと全然違いますね。

おすまさん、勉強になりましたよ」

おときはその時だけ素直な気持ちになって言った。おすまの細い眼が瞬間、僅《わず》かに和んだように見えた。

「ああ、おすま。おときさんが喜んでおられる。今日はよいことをしたな」

実相寺がおすまに声を掛けた。

「よいことも何も、こんなことは当たり前のことでございますよ。今更感心されてもあたしにはピンと来ませんね」

おすまは埒《らち》もないというふうに応えた。

おすまの指図はそれからも止まなかった。

よくもそんなに喋る種があるかと思われるほどおすまの口から言葉が出る。あんころ餅を食べようとしたお才の舅《しゅうと》には「ゆっくり噛《か》んで下さいましね。お餅を喉に詰まらせて、お正月早々、ぽっくり逝ってしまう年寄りは存外に多いんでございますよ」とか、実相寺が納豆餅を食べながら口の周りを汚せば「痒《かゆ》くなりますよ。お気をつけて召し上がらないと」と言って手拭いで拭《ふ》いてやる。餅を食べる子供達の手が汚いと言っては凄まじい声を上げる。仕舞いには甚助店の連中はいい加減うんざりした表情になった。平気な顔をしていたのは実相寺と幸右衛門だけだった。幸右衛門も、もともと口うるさい質《たち》なので、おすまの小言が気にならないのだろう。おすまが言わなければ自分が、という感じだった。

ようやく最後の餅をつき終え、竈の火も消すと、住人達は茶を淹《い》れてひと息ついた。その暇にもおすまは臼と杵をたわしでごしごし擦《こす》っていた。

「おすまさん、あんたもお茶を飲んでひと息入れたらどうだね？」

幸右衛門が気を遣っておすまに言った。

「はい、ありがとうございます。でも、この始末をさっさとしないと、お餅のネバがこびりついて後で往生するんでございますよ。近頃のおかみさん達は何かと言うと一服することばかり考えるものですから」

おときはむっとしたが、もう取り合わないことに決めていた。だが、お紺がいきなり、すっと立ち上がった。何気なくその表情を見ておときは慌てた。お紺の眼が吊り上がっている。おまけに顔色が真っ青だった。お紺はおすまの勝手な物言いに、とうとう堪忍《かんにん》袋《ぶくろ》の緒が切れたという態だった。

「お、お紺さん！」

お紺はおときの止める隙も与えず「ちょいと、ちょいとおすまさん。黙って聞いてりゃ何んだい、その言い種は」と、斜に構えた剣突をおすまに浴びせていた。

「おや？　あたしに何か文句でもあるというのかえ？」

おすまは怯まずお紺を見据えた。

「文句があるだあ？　大ありだがね。この中《じゅう》からあんたには肝《きも》が焼けていたんだ。何んだい、偉そうに。手前ェ一人の餅つきでもあるまいし」

「よしなさい！」

幸右衛門が金切り声を張り上げてお紺の前に立ち塞がった。大男の幸右衛門はそうすると、なかなか男らしい。お紺は反対に折れそうなほど細い身体をしている。だが、お紺から邪魔だとばかり体当たりを喰らった幸右衛門は呆気なく地べたに膝を突いた。

「大丈夫ですか、大家さん」

初五郎と留吉が慌てて幸右衛門を助け起こした。

「痛ッ、痛タタ……これ、お紺、よしなさい」

幸右衛門はそれでも気丈にお紺を止めようとしている。実相寺も立ち上がったが、もとより彼に何ができる訳でもない。ただ、おろおろと成り行きを見守っているばかりだった。

梅吉はおすまを庇うつもりで傍に寄ったが、それより一瞬、早く、お紺の平手打ちがおすまの頬に降っていた。派手な音がした。

お紺は肩で荒い息をしながらおすまを睨みつけている。おすまは黙ってされるままになっていた。だから、尚更不気味だった。辺りはつかの間、水を打ったように静まり返った。

「お紺さん、あんた、何んてことを。おすまさん、大丈夫ですか？」

おときがようやく口を開いた。激情を晴らすと、お紺は途端に我に返り、わっと袖で顔を覆って泣き出した。大変なことをしてしまったと気がついたのだ。

「泣きたいのはこっちじゃないか」

おすまは低い声で独り言のように言った。

「ああ、おすま。お紺さんにご無礼したようです。よっくお詫びするように」

実相寺がその場を取り繕うように口を挟んだ。

「申し訳ございません」

おすまは実相寺に言われて頭を下げた。

「謝るこたァねェよ、おすまさん。手を出したのはお紺さんなんだし」

初五郎はおすまを庇うように言った。

「そうだよ。おすまさんは悪くねェ。ちょいと小言が過ぎただけだ」

梅吉もそう言った。

「悪気があって小言を言った訳じゃないんですよ。それはあたしの性分でどうしようもないんです」

おすまは俯いて言った。お紺は泣き続けている。

「あたしは、この甚助店に来て、心からほっとしたんです。ようやく言いたいことを言える所で暮せると思って。少しのぼせていたんでしょうね」

おすまは反省するように言った。

「今朝松ちゃんもお花ちゃんも自分の子供のように可愛くて……だから小言を言わずにはいられなかったんです。梅さんも初さんも留さんも、皆んな親戚の人みたいで……」

おときは、おすまが今朝松を自分の子供のように可愛いと言ったのに心底、驚いた。そんなふうにおすまが思っていたとは信じられなかった。しかし、可愛いからこそ、悪さをすれば見て見ぬ振りはできなかったのだと合点がいった。

「ああ、皆さん。おすまの親密の表し方は少し変わっております。おすまが小言を言ったり、怒鳴ったりする人には格別、親しみを感じているということなのです。まあ、拙者がこの中では一番、小言を言われた口でござるが」

実相寺はおすまのことをそう説明すると、初五郎は「殿さん、何、のろけているんですよ」と、からかった。

「昔よう……」

留吉が洟《はな》をしゅんと啜って口を開いた。

「近所に犬猫を見ると、やたら怒る男がいたんだ。この野郎、この野郎ってね。うろちょろしてると、ぶっ殺すぞ、なんて物騒なことばかり言っていたよ。子を生めば、また悩みの種を作りやがって、だからお前ェらは畜生だと言うんだ、てよ。だけど、不思議に犬猫はその男になついていた。飯の残りをそっとやっているのも見た。つまりよ、その男は犬猫が好きで好きでたまらねェ性分だったってことよ。おれ、おすまさんの話を聞いて、ふっとその男のことを思い出しちまったよ」

留吉の言葉に幸右衛門が深く肯いた。

「そうそう。犬猫じゃ、たとえが悪いですけどね。だけど、おすまさんだって、もともとそんなに小言を言う人じゃなかったんですよ。実相寺さんを庇うために自分が悪者になってでも言いたいことを言わなければならなかったんですよ」

おときは幸右衛門とおすまの顔を交互に見ていた。ようやく泣き止んだお紺も幸右衛門をじっと見ている。

「実相寺さん、おすまさんとあなたの仔細を皆さんに話してもよろしいですか？」

幸右衛門は実相寺を振り返って訊いた。

「大家さん、それはこの人達には関わりのないことです」

おすまはきッと顔を上げて言った。

「あんたは先刻、この甚助店の人達を、親戚のようだと言ったばかりじゃないですか。この人達は銭はないけれど、あんたが思った通り、気のいい連中ですよ」

「あたしは、あたしは……」

おすまはこみ上げるもののために言葉に詰まり、袖で口許を覆った。おときがおすまに近づき、その肩を抱くと、傍の床几に座らせ、「話して下さいな。どんな辛《つら》いことがあったのか。あたし達、もっとおすまさんのこと、知りたいんですよ」と優しく言った。おすまはかぶりを振っている。

「拙者、不甲斐ない男ゆえ、おすまには大層迷惑を掛けた」

実相寺はそう言ったが、口調はいつものままだった。実相寺はおすまと違い、喜怒哀楽の表情に乏しい。嬉しいのか悲しいのか、さっぱりわからない。しかし、そうした感情を表に表さないのが武士の美徳でないのかと、初五郎はぼんやり思っている。

「実相寺さんはれきとした旗本なんですよ」

幸右衛門がそう言うと、住人達は一様に驚きの表情になった。

実相寺泉右衛門は旗本三千石の家に生まれた。しかし、彼は正妻の子ではなく、父親と屋敷に奉公している女中との間に生まれた子であった。父親は正妻との間に子がなかったことから、実相寺を跡継ぎとして据えた。そこまでは世間によくある話である。

しかし、皮肉なことに、それから一年後に正妻が懐妊して男子を出産した。さらに二年後にも、もう一人男子が生まれた。正妻は当然、わが子を実相寺家の跡取りとすべく、腹心の家来とともに奔走するようになる。正妻との間に生まれた子は生まれつき英明で、剣術にも長《た》けていた。一方、実相寺は書に見るべきものがあるぐらいで、頭もさほど働かず、剣術となるとお話にならないほど弱い。人のいいなりになる性格で、本人の意志というものが垣間も見られない。誰の目にも跡継ぎとしての資質は正妻の子に分があった。

正妻の子が元服を迎えた時、父親はとうとう実相寺を隠居させ、正妻の子を跡継ぎとした。実相寺はそれから妻帯もせずに屋敷のひと部屋をあてがわれて暮していた。元来が鷹揚《おうよう》な性格のために、実相寺は誰に恨みを抱くでもなく、今と同じように散歩をしたり、盆栽の手入れをしたりして、さほど退屈することもなかった。

跡継ぎの弟が妻を娶《めと》り、その下の弟が他家に養子に行っても、相変わらず実相寺は部屋住みのような扱いしか受けていなかった。

おすまは実相寺家に奉公するようになって家の事情がわかって来ると、実相寺に同情する気持ちを抱いた。やがて二人は人目を忍ぶ関係となる。おすま十八、実相寺は実に三十九歳の時である。おすまは実相寺の子を孕《はら》んで出産した。

跡継ぎの弟にはなぜか、子ができなかった。

そうなると、また俄《にわ》かに後嗣《こうし》問題が持ち上がって来た。実相寺は弟に懇願されて、わが子を弟の養子にさせた。おすまが再び懐妊した時、養子にしたわが子が流行り病で早世した。すると、弟は再び実相寺とおすまとの間の子を欲しがった。おすまは泣いて反対したけれども、結局、子は屋敷に取られた。

おすまが屋敷を出ると言った時、実相寺は自分も一緒に行くと言ったのだ。おすまはそれ以上、屋敷で暮すことが忍びなかったのである。数日前、実相寺とおすまが二人揃って出かけたのは、屋敷に残して来た息子が熱を出したということで、慌てて様子を見に行ったのである。屋敷に出入りの医者がそっと実相寺に教えてくれたからである。幸い、息子は回復して、ほっとひと息ついた後の餅つきである。おすまが張り切り過ぎたのは、そんなこともあったからだろう。

「おすまはさほど怒るようなおなごではなかったのだが、さような事情が続くとさすがに黙っていては屋敷の者にいいようにされると考えて、何んでも強気、強気で行くようになったのでござる。それもこれも拙者に非があることで全く面目次第もござらん」

実相寺は幸右衛門の話の後で呟くように言い添えた。

「おすまさん、堪忍して、あたしったら何も知らないで……」

お紺がおすまの腕に縋《すが》って悲鳴のような声で謝った。

「うちのお花、うんと叱っていいから。ううん、ひっぱたいても構わない」

「うちのけいさもそうですよ。ばんばん怒鳴って下さいな」

おときも眼を赤くしておすまに言う。

「おときさん……」

おすまはそう言ったきり、再び喉を詰まらせた。男達は俯いたきりである。武家の家の複雑な事情が重くのし掛かっていた。誰しも、これで素町人の暮しの方が案外倖せなのかも知れないと、そっと思ったはずである。幸右衛門も女のような仕種で眼を拭っていた。

重苦しい雰囲気に苛立《いらだ》ったように、今朝松が突然、声を上げた。

「ふんとにもう……」

甚助店の連中はその声で一斉に顔を上げ、ぷっと噴き出した。梅吉などはそのまま顎をのけぞらせて馬鹿笑いしている。おすまは今朝松の方を向いて「ふんとにもう、人の口真似ばかりして、この子は」と、呆れたように言った。その顔はもう、いつものおすまだった。

六

大晦日である。正月の仕度に忙しい女房達をよそに、おかめでは甚助店の連中が年忘れの宴を開いていた。餅代に用意したものが若干残り、幸右衛門はそれを気前よく男達に振る舞ったのである。

「さあさ、飲んで下さいよ。今夜は無礼講だ。一年、皆んなよう く働きましたからね。来年もまた頑張るんですよ。亀助さんには、もう渡すものは渡してありますから安心して飲んで下さいね」

幸右衛門がそう言うと男達は歓声を上げた。

亀助は暖簾を引っ込め、今夜は貸切りとばかり自分もはしゃいでいる。

小上がりの方で初五郎と実相寺、留吉の三人が膳を囲んでいた。今夜ばかりは卯の花ではなく、口取りも鮮やかに並んでいた。他に刺身に酢の物、吸い物と豪華である。

「殿さん、これからどうするんです？」

初五郎は実相寺とおすまのこれからを心配してそんなことを訊いた。

「どうするとはどういう意味でござる？」

実相寺は白い蒲鉾《かまぼこ》をひと口嚙んで初五郎を見た。

「決まっているじゃござんせんか。殿さんとおすまさんの暮しですよ」

「ふむ。なるようになるじゃろう。拙者、今の暮しは案外気に入っておる」

「ですが……」

「弟が悪いようにはしないだろう。拙者とおすまは猿之助《えんのすけ》の親であるしの」

猿之助というのが実相寺の子の名前であるらしい。

「猿之助は幼いながら賢い子である。我らが行くと大層喜ぶ。誰が教えなくても親だということを知っておるのだ。おすまの顔を見たら途端に元気が出た。おすまは冬だと言うのに白玉を拵えて介抱しておった。おすま、どこにも行くなと言われて、その時だけは辛そうだったがの。拙者には、このぼんくら爺《じじ》ィと悪態をつく」

留吉は噴き出した後で涙をこぼした。

「我らのこれからは、猿之助の成長を祈ることのみでござる」

実相寺は晴れ晴れとした表情できっぱりと言った。初五郎は黙って実相寺の盃に酒を満たした。

猫じゃ猫じゃとおっしゃいますが
猫が下駄履いて杖ついて、絞りの
浴衣で来るものか
おっちょこちょい（それ）
おっちょこちょい……

幸右衛門と熊吉が店の中央で踊り出している。三人も手拍子をした。

「殿さん、本当のところ、おすまさんをどう思っているんですか？」

騒がしい様子の中、初五郎は声を張り上げて訊いた。

「おすまですか？　おすまは……」

実相寺はそこでしばし思案する顔になった。

「概《おおむ》ね、よい女房でござる」

「え？　大胸？　おっぱいがでかいの？」

留吉は無邪気に訊く。実相寺は自棄のように声を張り上げた。

「おすまは概ね、よい女房でござる」

驚きの、また喜びの

一

和泉《いずみ》橋の傍《そば》にある自身番から外に出た時、嵩《かさ》のある雪が降っていた。神田相生町《かんだあいおいちょう》の家に戻る途中から伊勢蔵《いせぞう》の耳に除夜の鐘が聞こえて来た。近所の大家、町年寄と話し込んでいる内に存外に刻《とき》を喰ったようだ。

毎年、毎年、いつもこうだ、と伊勢蔵は歩きながら胸の中で独りごちる。大晦日ぐらいは家にいて、ゆっくりと除夜の鐘を聞きたいものだと思っているのに何《な》んの彼《か》んのと、年の暮の最後までお上の御用から逃れられない。

伊勢蔵は外神田界隈《かいわい》を縄張にする岡っ引きである。夜の五つを過ぎた頃に夜逃げした畳屋の一家があり、可哀想に年寄りの父親一人が置き去りにされてしまった。

七十を過ぎた父親は耄碌《もうろく》していて、しかも足が不自由であったので、一緒に連れて行くことができなかったらしい。その父親は置き去りにされたことも知らず「お藤《ふじ》、お藤ように」と、世話をしてくれていた嫁の名を空しく呟《つぶや》いていた。

近所の魚屋のかみさんが、親戚の者が来るまで面倒を見ると言ってくれたので、ひとまずはそちらで預かって貰うことにした。

しかし、親戚が現れない場合は小石川の養生所にでも連れて行こうかと、伊勢蔵は大家と町年寄と相談していたのだ。その他に正月の行事のこともあり、その段取りを話し合って自身番に足留めされる形になってしまった。

伊勢蔵は父親も十手持ちだった。父親の跡を継ぐ気持ちは、これっぽっちもなかったのだが、年のせいで身体の弱った父親が、よろよろと見廻りに行くのが心配で、後ろをついて歩いている内に、いつの間にか十手を持たされる羽目になった。今でもそのことで、死んだ父親に騙《だま》されたと伊勢蔵は周りの者に愚痴をこぼす。しかし、四十五歳の伊勢蔵が町内の人々から頼りにされる土地の親分であることは、今では紛れもない。少し短気で血の気の多いのが玉に瑕《きず》ではあるが。

雪は降り止まなかった。伊勢蔵は夜目にも白々と見える通りを急ぎ足で歩いて神田相生町の自宅に戻った。

「おい、雪だぜ」

伊勢蔵は土間口の戸を開けるなり女房のおちかに声を掛けた。おちかは伊勢蔵より七つ下の三十八で、短気な伊勢蔵とは対照的に、のんびりした気性である。伊勢蔵の怒鳴る声にも、さり気なくいなす才覚がある。近所の人間は揉《も》め事があると、まず最初におちかに話を持ち込むことが多かった。

おちかは正月のおせち造りで、まだ台所で包丁の音をさせていた。声を掛けた伊勢蔵に「子供みたいに嬉しそうだこと」と応えた。

「おきゃあがれ。お上の御用でくたくたの上に雪まで降ってきやがった。骨の髄まで冷え込んでるてェのに手前ェは太平楽なことを言う」

伊勢蔵は上がり框《かまち》に腰を下ろし、濡《ぬ》れた紺足袋を外しながらおちかに毒づいた。

「はいはい。そりゃあ悪うござんした。ご機嫌直しに一杯どうだえ？　きゅんと熱いやつをさ。お前さんには年越し蕎麦《そば》より、そっちの方がいいんだろ？」

「なに、蕎麦は好物だ。後で喰うわな」

伊勢蔵は途端に相好を崩し、股引《ももひ》きも脱いで着物の裾《すそ》を下ろすと、こたつに入った。こたつはぬくぬくと暖まっている。伊勢蔵はつかの間、倖せを感じた。少なくても畳屋の置き去りにされた父親よりはましだと思う。

ほどなく、火鉢の鉄瓶から、おちかは徳利を取り上げ、伊勢蔵に大振りの猪口《ちょこ》を持たせ、湯気の立つ酒を注いでくれた。

「ずい分、手回しが早ェじゃねェか」

おちかの酌が嬉しいくせに伊勢蔵はそんなことを言う。

「なにさ、そろそろ戻る頃だと思って徳利を沈めて置いたのさ。あたしの勘はいつだって当たるんだ。熱燗《あつかん》のついた頃に、ほらお帰りだ」

おちかは得意そうに言った。伊勢蔵が帯から外して脇に置いた十手を取り上げると、神棚に戻し、柏手をぽんぽんと打った。

「今年一年、何事もなくてありがたいことだった。これも神田明神様のお蔭だよ」

おちかは独り言のように呟いて、酒のあてに煮染《にし》めの皿を伊勢蔵の前に置いた。煮染めもほかほかと湯気が立っている。

「小夏《こなつ》はもう寝たのかい？」

伊勢蔵はこんにゃくを前歯で噛《か》みながら訊いた。一番下の娘のことだった。年が明ければ十六になる。伊勢蔵とおちかの間には三人の子供がいた。長男の春吉《はるきち》、次男の松蔵《まつぞう》、それに小夏である。

春吉は所帯を持って、伊勢蔵の元々の商売である汁粉屋をやっている。柳橋《やなぎばし》にその店「銀月《ぎんげつ》」がある。間口の狭い店だが、ありがたいことに繁昌《はんじょう》していた。以前の店は神田佐久間町《さくまちょう》にあった。春吉の女房の父親が柳橋に借家を何軒か持っていて、その内の一軒を若夫婦のために用意してくれたのだ。おちかと小夏は銀月が忙しくなると手伝いに行くこともある。

次男の松蔵は甘い商売を嫌って深川の材木問屋に住み込みで奉公していた。滅多に相生町には戻って来ない。家にいる子供は小夏一人だけである。

「明日、夜が明けたら初詣《はつもうで》に行くからって、さっさと寝ちまいましたよ」

おちかは火鉢の炭の様子を見てから応えた。

「何んでェ、愛想なしだなあ」

伊勢蔵は不服そうに口を尖《とが》らした。眼に入れても痛くない娘である。くっきりした眉《まゆ》と丸い眼は伊勢蔵譲りである。似てる似てると人に言われる度に伊勢蔵はだらしなく相好を崩した。せめてその小夏には、大晦日の夜ぐらい起きて待っていてほしかった。

「小夏はもう大人なんだから、お前さんもあまり構わない方がよかないかえ？」

おちかはさり気なく伊勢蔵をいなす。

「何言ってる。この間、ようやく行《ゆ》き水《みず》が来たばかりじゃねェか。小夏はまだねんねよ」

「ちょいと、小夏の前でその話はなしですよ。お父っつぁんには内緒だよと釘《くぎ》を刺されているんだから」

初潮を迎えた小夏のことを、おちかはこっそりと伊勢蔵に伝えていた。小夏は父親がまだ、そのことを知らないと思っているのだ。

「わかっているよ。そのせいでもねェだろうが、小夏の奴、この頃おれとろくに口も利かねェ。娘ってェのは年頃になると人が変わるもんなのか？」

伊勢蔵の言葉におちかは曖昧《あいまい》に笑った。

「おい、何んかあるのか？　はっきりと言え！」

伊勢蔵は凄《すご》んだ声になる。

「何んだねェ、あたしを下手人みたいに……」

おちかは徳利を持ち上げて酌をしてから「どうもね、好きな人がいるみたいなんだよ」と、観念したように応えた。

「何んだとう？」

伊勢蔵が声を張り上げると、おちかは「しッ」と唇に人差し指をあてがった。

「小夏が眼を覚ますじゃないか……お前さんに言われるまでもなく、この頃の小夏はぼんやりしていることが多いのさ。縫い物をさせりゃ途中で手が止まっちまうし、洗い物をさせれば、これも途中で手が止まり、長湯した後みたいに手の皮がしわしわになるまで気がつかない。皿小鉢を取り落とすことだって二度、三度続いている。仔細《しさい》を訊《き》いても何んでもないの一点張りだし、少し小言を言えばしくしく泣き出す始末。あたしもほとほと手を焼いていたんですよ。それでね、ふと思いついて辻占《つじうら》に見て貰ったんですよ」

相生町の近くにある下谷の練塀小路《ねりべいこうじ》に出ている辻占は当たると評判であった。

「それで？」

伊勢蔵はおちかの話を急《せ》かした。

「それがお前さん、驚くじゃないか。恋患いの卦《け》が出たんですよ」

「おきゃあがれ、あんな餓鬼が恋患いしてたまるかってんだ。んなもん、当たっちゃいねェ。あの備前徳利みてェな面《つら》した辻占だな？　よおし、今度会ったら、どやしてくれる」

伊勢蔵は気色ばんだ。

「あたしだって、言われた時はまさかと思いましたよ。でもねえ、やっぱり様子が普段の小夏と違うし……」

「気のせいだ。うっちゃって置け。その内に元の小夏にならァな」

伊勢蔵はそう言って猪口の中身を勢いよく喉に流し入れた。さっきまでは胃の腑《ふ》に滲《し》み渡って伊勢蔵を喜ばせたそれが、気のせいか苦い味に感じられた。

二

年が明けた。

伊勢蔵はいつもより遅く目覚めた。起き上がると茶の間に行き、雑煮の用意をしていたおちかに機嫌のいい声を掛けた。

「年が改まったな。そいじゃ、あい、おめでとさん」

律儀に挨拶《あいさつ》した伊勢蔵に「おめでとうございます。本年もよろしく」とおちかも応えた。おちかは気の抜けたような顔をしている。昨夜は遅くまで台所を這《は》い擦り回っていたので、疲れているのだろうと伊勢蔵は思った。

「お前さん、外を見てごらんな」

だが、おちかは溜め息をついて言った。

「外？　何んでェ」

「いいから、外！」

おちかは寝間着のままの伊勢蔵の背を押して土間口に促した。伊勢蔵の家は二階のある一軒家で神田相生町の表通りに面している。

戸を開けようとして土間に白く雪が吹き込んでいるのに気がついた。雪は昨夜、伊勢蔵が家に戻ってからも止む様子がなかった。それにしても土間まで雪が入り込むとは珍しい。

戸を開けて、伊勢蔵は息を呑《の》んだ。道がなくなっている。いや、三尺ほど積もった雪で道がすっかり覆われていたのだ。

「こいつァ……」

呆《あき》れて言葉も出ない。所々、点々とついた足跡も深い穴のようだ。

「ねえ、驚いた？」

おちかは伊勢蔵の背中に訊く。おちかの気の抜けた表情に、ようやく合点がいった。

「いってェ、どうしたと言うんだ」

伊勢蔵の家の向かい側は炭屋である。店先にいつも大八車を置いていた。その大八も雪の中にすっぽり埋まって、梶棒の部分しか見えていなかった。

正月のことで周りは表戸を閉じている所が多い。その表戸に注連《しめ》飾りが寒々と揺れている。風がびょうと吹きつけて、積もった雪の表面を舞い上げた。伊勢蔵は思わず身震いした。

「親分、おめでとさん」

隣家で米屋を営む孫兵衛《まごべえ》が頬被《ほおかむ》りをして雪掻《ゆきか》きをしていた。伊勢蔵を見ると声を掛けた。

「孫さんよ。ちっともめでてくねェ正月になっちまったなあ」

伊勢蔵は情けない声で言った。

「あいさ。これじゃ手も足も出ねェよ。しかし、何んだ、とりあえず手前ェの家の前だけでも雪掻きをして置かねェとね。うちの親父の話だと、江戸にこんなに雪が降ったのは親父が十歳《とお》の時以来だと言っていたよ。するてェと、およそ五十年ぶりになるのかなあ」

孫兵衛は感心したように言った。

「おれも、とりあえず雪搔きするか……正月早々、のんびりもできねェ」

伊勢蔵はうんざりした声になる。

「初荷も出初《でぞ》め式も、この様子じゃどうなるもんだか……それでも若い者は元気だね。小夏ちゃんなんざ、蓑《みの》と笠の恰好で初詣に行ったよ」

「え？　小夏はこんな雪の中を出かけたのかい？」

「ああ。友達二、三人ときゃあきゃあ言いながら。いいね、若い者は」

伊勢蔵は小夏が出かけたことに気づかなかった。伊勢蔵は孫兵衛の話を途中で打ち切って家の中に入った。震えながらこたつに入ると「雪搔き、しておくれでないかえ？」おちかは恐る恐る言った。元旦から亭主を扱《こ》き使うつもりかと悪態をつきたかったが、この雪ではそうもいかない。

伊勢蔵は雑煮を食べてから身仕度をして再び外に出た。

外はようやく薄陽《うすび》が射して来たが、雪を解かすほどではない。伊勢蔵は物置から木鋤《こしき》を出して来た。滅多に使わない物だったので、それは物置のずっと奥の方にあり、捜すのにも往生した。正月早々、ろくなことが起こらないと思った。すると、明けたその年も、何やらろくなことが起こらないように思えてくる。伊勢蔵は、いやいやと首を振った。どういう訳か小夏の顔が脳裏を掠《かす》めていた。

小半刻も雪掻きをしたろうか。塵《ちり》取りに長い柄《え》をつけたような木鋤を、積み上げた雪の山に突き立て、伊勢蔵は荒い息を吐いた。外は冷え込んでいるのに伊勢蔵の額には汗が滲んでいた。

通りの角から甲高《かんだか》い声が聞こえた。伊勢蔵がそちらに眼を向けると蓑と笠を被った小夏が戻って来るところだった。小夏の後ろから赤筋入りの半纏《はんてん》を引っ掛けた若い男が雪玉を小夏にぶつけて、ふざけている。こちらは蓑も笠もない。男の若さがそんな物は不要だと言っている。伊勢蔵は、むっと腹が立った。

腰に両手をあてがい、そちらを睨《にら》んだ。

「やだ。やめてったら……冷たいじゃないの」

小夏はそう言いながら嫌がっているふうでもない。

「おしょう、しょうしょう、お正月。松立てて竹立てて、喜ぶものはお子供衆、嫌がるものはお年寄り、旦那の嫌いな大晦日……ほれ、も一つ！」

蚊とんぼのように痩《や》せた男は手毬唄《てまりうた》に紛らわせて小夏に雪玉をぶつけていた。しかし、家の前まで来て、そこに仁王立ちになっている伊勢蔵に気づくと、ぎょっとした顔になった。

「誰だ、手前ェは」

伊勢蔵は渋みを効かせた声で訊いた。

「お、おいらは、龍吉《りゅうきち》ってェもんです。か、か組の頭《かしら》の所で世話になっておりやす」

「鳶職《とび》か？」

「へ、へい」

「みっともねェ、正月早々、いちゃついてるんじゃねェ」

「お父っつぁん……」

小夏は驚いて伊勢蔵の顔を見た。

「何言ってるの。あたし、龍ちゃんと、か組の又蔵《またぞう》さんと、それから、およしちゃんや、お里《さと》ちゃん達と明神様にお参りに行って来ただけよ。あたしだけ相生町だから龍ちゃんに送って貰ったのよ。変なこと言わないで」

小夏は笠の下の顔をむっとさせた。

「それでも人が見たら何んと思う」

伊勢蔵は小夏に言うより男に向かって言った。

「申し訳ありやせん」

「龍ちゃん、謝ることなんてないよ。あたし達、別に悪いことした訳じゃないんだから」

龍ちゃんと呼ばれた男は、それでも俯《うつむ》いて怖《お》じ気づいていた。

「こんなに雪が降ったの初めてだから嬉しくなっただけよ。いやなお父っつぁん」

小夏は口を返した。伊勢蔵の頭に、かッと血が昇った。

「うるせェ！」

「親分、堪忍《かんにん》しておくんなさい。おいらが悪《わ》りィんです。この通りです」

男は殊勝に頭を下げた。しかし、伊勢蔵は振り上げた拳《こぶし》の下ろし方を知らない男である。憎々し気に男を睨んでいた。

「あらあら、龍ちゃん。送ってくれたのかえ？　ありがとさん。中に入っておせちでも摘《つま》んでいったら？」

おちかが出て来て声を掛けた。若い男は幾分ほっとした顔になった。

「いえ。おいら、これから梯子《はしご》乗りの稽古《けいこ》がありやすから……」

「今年はあんたが梯子乗りをするんだってねえ。町内でも評判になっているよ。あたしも楽しみにしているから」

「へい。ありがとうございやす。そいじゃ、これで」

男はぺこりと頭を下げると、歩き難そうに今来た道を戻って行った。龍吉の後ろ姿を見送った小夏は、ものも言わず家の中に入り、蓑と笠を片づけると、さっさと自分の部屋のある二階に引っ込んでしまった。

翌日から早くも伊勢蔵は、いつもの岡っ引きの恰好で縄張にしている町内を見廻った。町々を白い幕で覆ったような景色は、それはそれで風情がないこともなかったが、人々に雪掻きを命じる伊勢蔵には、そんな気持ちの余裕はなかった。

表通りは人や馬車の往来があるので、雪は踏み固められ嵩が少なくなった。しかし、裏店《うらだな》の路地は陽《ひ》も射さないので、相変わらず雪の山である。これで火事でも起きたら手がつけられなくなる。伊勢蔵が縄張にしている地域は火事が多いことでも有名だった。

裏店の独り者は無精な奴が多いので、伊勢蔵は怒鳴り声の上げっ放しである。

「親分、正月早々、ご機嫌斜めだねえ。何かあったんだろうか」

裏店の女房連中は、そんな伊勢蔵を見て噂《うわさ》していた。雪掻きを命じるだけにしては伊勢蔵の様子は確かに普通でなかった。

伊勢蔵はいかにも不機嫌だった。小夏があれから全く口を利かないからだ。その原因が龍吉という若い男のせいと思えば、尚更腹が立つ。怒鳴り声を上げるだけでは気持ちが収まらない。会う奴、一人一人の横面を張り飛ばしたいとさえ思っていた。

龍吉は長く岡っ引きをしている伊勢蔵でも知らない顔である。芝《しば》の方で家族とともに暮していたそうだが、か組の頭が父親の末五郎《すえごろう》と顔見知りだったので、半年前から一家ともども神田明神下の仕舞屋《しもたや》に越して来たという。早い話、頭が龍吉の父親を自分の組に引き抜いたのだろう。何んでも父親の末五郎はかなり若い頃に所帯を持った男だそうだ。自身番に詰めている大家の話では若気の至りで祝言《しゅうげん》を挙げる前に子ができて、それで仕方なく双方の親が一緒にさせたらしい。

そんな男の息子では、どうせろくな者でないと伊勢蔵は思った。小夏が龍吉にのぼせているのなら早いとこ諦《あきら》めさせようと決心していた。龍吉と今後会ってはならないと釘を刺すと、小夏は、むっと頰を膨らませて伊勢蔵を睨んだ。おちかが二人の間に入って、おろおろと気を遣っていた。おちかも母親の勘で、小夏の恋患いの相手が龍吉であることに気づいているようだ。

全く、親の心、子知らずとは、よく言ったものだ。小夏を案じて小言を言う伊勢蔵の気持ちを小夏は少しも理解しようとしない。それどころか、逆恨《さかうら》みしている様子である。それが伊勢蔵の癪《しゃく》の種であった。

（てやんでェ、あんな溝浚《どぶさら》い）

伊勢蔵は見廻りをしながら胸の中で悪態をつく。鳶職は家の普請をする際に地盤固めをしたり足場を組む仕事をする。しかし、他に町内の様々な雑事を引き受けていた。道路の修繕や溝掃除もその中に含まれる。また出入りの商家に慶弔事があれば、頭が呼ばれてその手伝いもする。

町火消しという仕事も鳶職の重要な役目である。町火消しは江戸の男の花形であった。伊勢蔵は鳶職の華やかな部分を切り捨てて、わざと貶《おとし》めて言いたいのだった。

三

正月四日。火の見櫓《やぐら》のある和泉橋近くの自身番の前で恒例の出初め式が行われた。解け残っている雪が、そこここに小山を作っていたが、梯子乗りの行われる少し広い場所はきれいに整備されていた。一時は大雪でどうなるものかと気を揉《も》んでいたのだが、そこは、か組の頭。若い者を総動員させて雪掻きをしてその日を迎えることができた。

出初め式は幸い、すっきりと晴れた日になった。青い空から柔らかい陽射しが降り注ぎ、絶好の日和《ひより》である。か組の連中は赤筋入りの揃《そろ》いの半纏に身を包んでいる。長梯子が持ち出され、中央に支えられた。それを見守るように人垣が取り囲んでいる。

伊勢蔵はもちろん、その場に顔を出していた。人の集まる場所ではつまらない事故が起こりがちである。それを防ぐために辺《あた》りに油断のならない目線を配っていた。

伊勢蔵は人垣の中に小夏の姿を認めていた。

おちかと二人で見物に来たようだ。胸のところで祈るように指を組んでいる。龍吉の首尾がうまく行くようにと心の中で願っているのだろう。伊勢蔵は反対に龍吉がドジを踏んで、まっさかさまに落ちればいいとさえ思っていた。

やがて龍吉は足取りも軽く梯子をとんとんと上って行った。

「落ち着いてやれ」

「あせるんじゃねェ、ゆっくり、ゆっくりだ」

　下から声が掛かる。

　龍吉は四間三尺の長梯子の上まで来ると、呼吸を調《ととの》え、いきなり「逆《さか》さ大《だい》の字《じ》」の大技を見せた。伊勢蔵の肝《きも》がひやりとした。本当に落っこちそうに思えたからだ。見物人の中にも思わず、どよめきが走った。今までの梯子乗りだと、最初は安定技から入り、次第に複雑になって行くというのが普通である。

　ところが龍吉はいきなり大技を見せて見物人の度肝を抜いてしまった。

「吹き流し」「背亀」「腹亀」「ぶらぶら谷のぞき」——龍吉は次々と大技を披露して喝《かっ》采《さい》を浴びた。陽射しが龍吉の額の汗をきらきらと輝かせている。伊勢蔵も仕舞いには憎い、気に入らないという気持ちを忘れて龍吉の技に見入っていた。

　小半刻後、龍吉はようやく梯子から下りたが、下りる時も途中から、とんぼを切って着地した。人々のやんや、やんやの喝采が続いた。

　走り寄った兄貴株の男に龍吉は肩を抱かれた。よくやった、よくやった。仲間は口々に龍吉をねぎらった。

　出初め式が終わると伊勢蔵は自身番の中に入った。中では近所の大家の伝兵衛《でんべえ》と町年寄の八十八《やそはち》、それにか組の頭の勘助《かんすけ》が菰樽《こもだる》の酒を注ぎ合っていた。

伊勢蔵が入って行くと、勘助は一瞬、眼をしばたたき、腰をずらして伊勢蔵に座る場所を作った。勘助は六十を幾つか越えた年寄りだが、まだまだ、か組の頭としての貫禄《かんろく》は損《そこ》なわれていない。

「親分、まあ座って、あんたも一杯やって下さい」

勘助は如才なく勧めた。

「へ、へい……」

伊勢蔵は慇懃《いんぎん》に応えて勘助の傍に腰を下ろした。

「しかし、大したものだ龍吉は。頭、よくあそこまで仕込んだものだ」

大家の伝兵衛が伊勢蔵の湯呑《ゆのみ》に酒を注ぎながら感心した声で言った。

「なあに。おれは何もしちゃいねェ。梯子乗りは皆、末五郎に任せていたからよ」

「末五郎ってのは龍吉の親父ですね？」

八十八が羽織の襟を直しながら口を挟んだ。

常は練塀小路で質屋を営む男である。年は伊勢蔵と同じくらいである。

「去年までは、あの末五郎が梯子乗りをしていたそうだが、三十も過ぎれば、さすがに足許が覚つかなくなって渋々、息子に譲ったんだよ」

勘助は八十八に言った。伊勢蔵は二人の話を他人事のような顔で聞いていた。しかし、その実、龍吉も父親の末五郎も、どんな奴なのか気を惹《ひ》かれていた。もっとも、伊勢蔵が聞きたいのは褒《ほ》め言葉より悪口の方がよかったのだが。

「あの様子じゃ、まだまだやれそうな気はしましたがね。てて親というより兄貴だよ」

八十八はお世辞でもなくそんなことを言う。

「そりゃあ、普通なら兄貴だろうさ。三十一と十七じゃ……」

大家の伝兵衛が訳知り顔で八十八に笑った。

笑わなかったのは勘助と伊勢蔵だった。

「大家さん、どういう意味です？　三十一と十七ってェのは」

伊勢蔵は怪訝《けげん》な眼を伝兵衛に向けた。呉服屋で長いこと番頭を勤めていた伝兵衛は隠居してから、その人あたりのよさを買われ、近所の裏店の大家を任されていた。なかなかよく気のつく男で、伊勢蔵も頼りにしていることが多い。

「だから父親が三十一で、息子が十七ってことですよ」

「へ？」

伊勢蔵は狐《きつね》に抓《つま》まれたような顔になった。一瞬、勘定がわからなくなったようなところがあった。

「するてェと、あの龍吉という息子は幾つの時の子供なんで？」

伊勢蔵は伝兵衛に畳み掛けた。

「十四」

伝兵衛は得意顔で応えた。そんなことで得意になってどうすると伊勢蔵は思った。しかし、さすがに伊勢蔵は驚いていた。若くして所帯を持ったとは聞いていたが、まさか十四で父親になったとは思いも寄らない。

「まあ、女房は十六で年上だったから……」

勘助は取り繕うように口を挟んだ。

「とんでもねェ野郎だ」

伊勢蔵は呆れた顔で言った。

「おれ達も長くは続かないだろうと思っていたんですよ。子ができた時は、末五郎の女房の父親も大慌てで、こっそり娘の腹の子を堕《お》ろす算段までしていたそうだ。だが、末五郎とおそでが泣きながら、きっと二人でしっかり育てますって言うもんだから根負けしたんでさァ。元はこっちの町内で暮していたんですがね、さすがに外聞《がいぶん》が悪いんで芝の方に移らしたんです。大層、苦労したそうだが、末五郎は手前ェが言った通り、子供達を立派に育てた。偉いもんだ」

勘助は末五郎の事情を説明した。おそでというのが末五郎の女房の名であるらしい。

「どうりでおれが知らねェ顔だと思っていましたぜ」

伊勢蔵は合点のいった顔で勘助に言った。

「ふん、親分がまだ十手を預かる前のことだった。先代の親分なら、よっく知っていたことだ」

「そうですかい。しかし、何んでまた神田に舞い戻ることになったんで？　梯子乗りが不足で呼んだんですかい？」

伊勢蔵は茶化すように訊いた。

「いいや。そうじゃねェんだ。奴がどうしても、か組の纏《まとい》を握りてェと、是非《ぜっぴ》でおれに頭を下げたからだよ。なにね、芝でもそこそこ名の通った纏持ちだったんだが、生まれ育った町内のご用をつとめるのが本望だとぬかしたもんで」

「そいで頭はほだされた？」

八十八が口を挟んだ。勘助は大きく肯《うなず》いた。

「手前ェのためだけじゃなく、跡を継ぐ龍吉のためでもあったんだろう。こっちにゃ末五郎の親きょうだいもいることだし。立派に育てた息子を皆んなに披露したいという親心だ。龍吉の下には娘が二人いて、この娘達も大層、気立てがいいらしい。娘達も明神下に越して来て、すっかりこの町が気に入ったと言っている。一家でそんなに喜んでいるのかと思うと、おれも嬉しくてねえ。こっちに呼んでよかったと思っているよ。それに何より、今日の梯子乗りだ。ねえ、親分、お前さんも見てくれましたよね？」

勘助は伊勢蔵に相槌《あいづち》を求めた。勘助の口調には何やら阿る《おもね》色があった。

「ま、人ん家《ち》のことにとやかく言う筋合は、おれにはねェですけどね。ただ、あの龍吉という息子には、正直なところ、うちの小夏の周りをうろうろして貰いたくねェとは思っていますよ。親父が手が早ェなら、その息子は血を引いている。うちの小夏を孕《はら》ませるような罰当たりがあっちゃ困りますからね」

伊勢蔵は勘助にきっぱりと言った。勘助は眼をしばたたき、苦い顔で湯呑の酒を口に運んで「龍吉は大丈夫だ」低い声で言った。伊勢蔵の顔がぼッと赤くなった。

「何が大丈夫なんです、頭。頭はうちの小夏とあの息子に何かあるとでも言うんですかい？」

「そのことだけど、親分……」

勘助はおずおずと口を開いた。伊勢蔵は勘助の話に聞く耳を持たなかった。いや、小夏についての話を聞くのが怖かったのが正直な気持ちだったろう。

「頭、悪いがおれは餓鬼の色恋の話なんざ聞きたくもねェ。おれの気持ちは一つだ。あの息子に小夏はやらねェ。頭、そこんところ、ようく覚えててくんな」

伊勢蔵はそう言うと後も見ずに自身番の小屋を飛び出していた。

冗談じゃない。十四で餓鬼を拵《こしら》えて、その餓鬼が何んとか一人前になったからと言って、偉いだの、大した者だのと持ち上げる方がどうかしている。小夏と龍吉のことを考えるだけで伊勢蔵の胸には怒りが噴き上がった。

四

松が取れるとすぐに、夜逃げした畳屋に置き去りにされた父親が弟夫婦と名乗る者に引き取られて行った。その父親より、ふた回りも年下の弟で、何んでも弟は実の息子と幾つも年が違わないという。かたや十四で子を作る者がいるかと思えば、孫がいても不思議ではない年になって、母親が孕《はら》む。世の中は全く様々だと伊勢蔵は思った。

伊勢蔵は魚屋「魚政《うおまさ》」のかみさんに労をねぎらうつもりで店に立ち寄っていた。暮からずっと畳屋の父親の面倒を見て貰ったからだ。

魚政は自身番からほど近い佐久間町に店を出している。主《あるじ》の政次《まさじ》は日中、天秤棒《てんびんぼう》を担いで市中を売り歩き、女房のお富《とみ》は間口一間の狭い店を切り守《も》りしている。十二歳になる息子を頭に五人の子供がいた。

「いやあ、おかみさんがいて助かりましたよ」

伊勢蔵は店の奥にある茶の間の上がり口に腰掛けて礼を言った。

「いいんですよ、親分。困った時はお互い様。あたしも、うちの人も早くに父親を亡くしているから親孝行の真似事ができましたよ。五日も六日も家にいたものだから、何んだか情が移っちまってねえ。弟さん夫婦が迎えに来て、とっつぁんを送り出した時なんざ、思わず涙が出ちまいましたよ」

お富はそう言って、また赤い眼になった。

「まあ、これであの父親の先行きも安心だ。何しろ、ぼけていたから心配でならなかった」

伊勢蔵は心からほっとして、お富の淹《い》れてくれた渋茶を啜《すす》った。

「ところでね、親分。あたし仲人を頼まれちまったんですよ」

お富は話題を換えるように言うと、つっと膝を進めた。藍木綿《あいもめん》の着物の袖《そで》を襷《たすき》掛けして、前垂れを締めたお富の姿は魚屋の女房らしくかいがいしい。客に大きな声で呼び掛ける毎日なので声に張りがある。

「ほう……」

「この際だから、うちの人に紋付を誂《あつら》えて貰おうかと思っているんですよ」

「そうだな。話が纏《まと》まった時は祝言だ。仲人はそれなりに恰好がいるわな」

伊勢蔵はおざなりに相槌を打った。

「だからさあ、親分。この話、受けて下さいよう……」

お富は甘えた声になる。

「この話って何んだよ」

伊勢蔵は怪訝な顔になった。

「龍ちゃんと小夏ちゃんの話ですよ」

「……………」

唖然《あぜん》とした。か組の頭の勘助は手回しよく仲人を魚政夫婦に持ち込んだようだ。

「お前ェさん、紋付が新調したくて仲人を引き受けたのかい？」

伊勢蔵は醒《さ》めた眼でお富を見た。

「そ、そういう訳じゃ……いえね、今晩あたり、うちの人と一緒に親分の所に行こうかと話していたんですよ。か組の頭は、あたし達が中に入れば纏まるからとおっしゃって」

「おきゃあがれ。お前ェさん、あの龍吉って野郎のことは知っているのか？」

伊勢蔵は荒い口調で訊いた。

「出初め式で梯子乗りをした子だろ？　元気がよくて挨拶もしっかりしてるし、あの子なら小夏ちゃんとお似合いだと思うけど……」

「おかみさん、あの野郎の父親はあいつを十四で拵えたんだとよ。そんな犬猫のような真似をしやがる親父の息子に、うちの小夏はやれねェ。こいつは頭にきっぱりと断っているこことなんだ。今更蒸し返して貰いたくねェ」

「でも、小夏ちゃんだってその気なんだよ。あたしに、小母さんお願いします、どうぞお父っつぁんを説き伏せてってさ」

「馬鹿野郎、右も左もわからねェ娘っこの口車に乗せられて、あいよと、ふたつ返事で引き受けたって寸法かい。人のいいのにもほどがあるってもんだ。おかみさんよ、この話はここで打ち切りだ。金輪際、おれの耳に入れてくれるなよ。邪魔したな」

伊勢蔵は唐桟縞《とうざんじま》の羽織の裾をすぱっと捲《めく》ると魚政を出ていた。どいつもこいつも……伊勢蔵は通りを歩きながら胸の中で悪態をついた。何んだってそんなに男と女をくっつけたがるんだろう。

その日、伊勢蔵にしょっ引《ぴ》かれた連中は路上の酔い倒れ二人、商家の女中をくどいていた遊び人ふうの者一人だったが、彼等は運が悪いとしか言いようがなかった。自身番で伊勢蔵に散々、小突かれて気の抜けたような顔をしていた。

伊勢蔵はもやもやと、すっきりしない気持ちを抱えたまま、暮六つ過ぎてから神田相生町の自宅に戻った。

戸を開けて中に入って行くと、土間には履物が並んでいた。どうやら客が来ているらしい。中では笑い声や喋《しゃべ》り声が賑《にぎ》やかだった。

しかし、伊勢蔵が「おう、帰《け》ェったぜ」と声を掛けると、水を打ったように静まった。何やら様子が普通でない。

「あ、お前さん。お帰りなさい。ちょっとお客さんが来てるんですよ。お前さんに折り入って話があるそうですよ」

　おちかは伊勢蔵を上目遣いで見るとそう言った。

「誰でェ？」

「まあ、話は中で。ささ、早く上がって下さいな」

「おう」

　伊勢蔵は尻《しり》っ端折《ぱしょ》りしていた着物の裾を下ろすと茶の間に入って行った。

　驚いたことに五つの頭が一斉に畳にひれ伏している。火鉢の前に男二人、後ろには女三人である。一瞬、何が何んだか伊勢蔵には理解できなかった。火鉢の猫板の傍に小夏が、きッと顔を上げて座っていた。

「何んでェ、こんなに改まってよ。そいじゃ話にならねェ。顔上げてくんな」

　伊勢蔵は神棚を背にして腰を下ろすと、おちかに十手を渡しながら言った。顔を上げた連中の中に龍吉がいた。龍吉は伊勢蔵と眼が合うと慌てて顔を俯けた。

「いってェ、どういうつもりでお前さん達は家に来たんだい？」

　伊勢蔵は湧き上がってくる怒りを堪えて訊いた。小夏が黙って茶を淹れている。おれは茶を飲むより早く飯《めし》が喰いてェんだと伊勢蔵は思っていた。

「魚政のおかみさんに頼んでも埒《らち》が明かねェようなので、不躾《ぶしつけ》は承知でこうして伺いやした」

龍吉は緊張している様子だったが澱《よど》みなく応えた。

「そちらさんは？」

伊勢蔵は龍吉の隣りに座っている若い男に怪訝な眼で顎《あご》をしゃくった。

「あっしは龍吉の父親で末五郎と申しやす」

若い男は応えた。伊勢蔵の眼が大きく見開かれた。若いとは聞いていたが、これほど若いとは思いも寄らない。父親どころではない。どう考えても兄としか見えない。いや、末五郎が一人でいるところを見たら、独り者でも充分通用するだろう。末五郎の痩せた身体には贅肉《ぜいにく》一つなかった。それが一層、末五郎を若く見せていた。去年まで梯子乗りをしていたという話だったから稽古で鍛えられているのだろう。龍吉は末五郎とあまり似ていなかった。末五郎はふた皮眼《かわめ》の少しきつい目付きをしている男だった。反対に龍吉の方は丸い眼に愛嬌《あいきょう》があった。

「そっちにいるのは嬶《かか》ァと娘達です」

末五郎は後ろの三人にちらりと目線をくれて言った。三人は気後れしたような顔で頭を下げた。娘が三人と思っていたが、よく見ると真ん中にいる女の頭は丸髷《まるまげ》だった。こっちも若い。龍吉とよく似た丸い眼をしている。

娘達の勝ち気な顔は末五郎と似ていた。この連中は紛れもなく家族なのだと伊勢蔵は思った。

「お前ェさん達の話は聞いている。だが、小夏が嫁に行くのは、ちいとばかり早ェ。それにでェいち、その兄さんの若さじゃ所帯を構えるのが難しいだろう」

伊勢蔵は煙管《きせる》に火を点《つ》け、諭すように言った。

「親分、小夏ちゃんには家に来て貰って、一緒に暮しやす。喰う心配はさせやせん。親父もおいらも働いているんで……」

龍吉は必死の顔で伊勢蔵に訴えた。小夏も「お父っつぁん、お願い」と縋《すが》る。伊勢蔵はぎらりと小夏を一瞥《いちべつ》すると、向き直って話を続けた。

「何んだってそんなに急ぐんだ。おれはまだ早ェと言っているんだぜ、小夏もお前ェもよ」

「親分、申し訳ありやせん。早ェのは百も承知だ。だが、こいつに是非《ぜっぴ》で小夏ちゃんを嫁にほしいと縋られりゃ、あっしは倅《せがれ》の気持ちがわかるから駄目とは言えねェんで」

末五郎が倅と洩《も》らす言葉は、まるで伊勢蔵の耳に不思議なものに聞こえた。確かに倅に間違いもなかろうが、伊勢蔵の頭のどこかがそれを納得していないところがあった。

「そりゃあ、お前ェさんも若くして所帯を持った口だから、手前ェのことを考えたら、とても駄目とは言えねェだろう。だが、こちとらは世間並に暮らしている家だ。妙な口利きはしねェで貰いてェ」

「おいらの所が世間並でねェと言うんですかい？」

龍吉は甲走った声になった。末五郎が「よせ」と制した。

「そいじゃ、後《あと》、何年待てば許していただけるんで？」

末五郎は上目遣いになって伊勢蔵に訊いた。

伊勢蔵は灰落としに煙管の雁首《がんくび》を打ちつけてから「おれは小夏を貰いに来るのに、一家で押し掛ける了簡《りようけん》が気に入らねェ。親きょうでェの後押しがなけりゃ、お前ェさんの息子はものも言えねェのかと思ってよ」と皮肉交じりに言った。

「……わかりやした。お騒がせしたことはお詫《わ》び致しやす」

末五郎が深々と頭を下げると、たまりかねたように龍吉は「ちゃん、何んで謝るんだよう。おいら、何んか悪りィことをしたって言うのか？」と喰って掛かった。

「親分はお前ェが気に入らねェんじゃねェ。このおれが気に入らねェんだ。そいつがようくわかった。おれは半端者の親だからよう。龍吉、勘弁してくんな」

「何が半端者だ。ちゃんは立派な男だ。か組の纏持ちだ。ちゃんにかなう男はいねェ。それを気に入らねェと言う方がおかしいんだ」

龍吉は伊勢蔵を睨んで吐き捨てた。小夏が前垂れで顔を覆って泣き出した。末五郎の娘達もそれを見て同じように袖で顔を覆う。

「よそ様の家に来て剣突《けんつく》喰らわせるのは筋《すじ》違ェだ。龍吉、黙んな」

末五郎は穏やかな声音で言ったが悔しさが感じられた。伊勢蔵は渋い顔で小夏が淹れた茶を啜った。

「親分、あっしがこいつを十四でこさえた話は聞いていなさいますね？」

「ああ……」

「あっしとおそでは所帯を持つことを親に許して貰いやしたが、暮しの面倒は一切見ないという約束でほっぽり出されやした。米が買えなくて一人分の飯を粥《かゆ》にして啜ったことが何日も続きやした。正直、苦労しやした。広い世間に二人ぽっちでした。こいつが生まれても暮しはそうそう変わるもんじゃありやせん。いや、むしろ、ますます苦しくなった。今度ァ一人分の飯を三人で分け合う暮しでさァ。だが、おそでが言ったんですよ。うちは三人で一人前だから、何んでも三人で力を合わせて行こうってね。おそでは三つになったこいつにも嚙んで含めるように言いやした。こいつは殊勝に肯いておりやしたよ。娘達が生まれても、そいつは同じでさァ。何をするにも家族で一緒になってやって来ました。て組に入って梯子乗りを任された時ァ、怖じ気をふるって断ろうかと考えていたら、子供達が言うんですよ。ちゃん、肝っ玉が小《ちい》せェんだよって。その言葉に励まされて、あっしはやりましたよ。あっしは手習所《てならいどころ》にもろくに通わなかったし、伜や娘達に教える物は何もねェ。せめて梯子乗りの技《わざ》と纏持ちの心意気だけは伝えようと決心したんでさァ」

「末五郎さん、いい話だねえ」

今まで黙っていたおちかが涙交じりの声で言った。末五郎は救われたように白い歯を見せて笑った。

「お前ェさんの気持ちはようくわかったが、そいつがしみ真実、息子に伝わっているかどうか、おれはまだ信用がならねェ。ま、今日のところは、このまま引き上げてくんな」

伊勢蔵はさらりといなした。かッと頭に血が昇った様子の龍吉は片膝を立てた恰好で小夏の手首を摑《つか》んだ。かっさらって行こうという算段か。伊勢蔵はその時だけ「何しやがる」と龍吉に毒づいた。

「龍、早まるな！」

末五郎は厳しい声で制した。

「だって、ちゃん。親分は最初《はな》っから不承知と言っているんだぜ」

「早まるなと言ってるんだ」

末五郎は龍吉の頰を張ると「お騒がせ致しやした。また改めて伺わして貰いやす」と丁寧に頭を下げ、引き摺《ず》るようにして龍吉を連れて帰った。おそでと娘達も赤い眼をして頭を下げて帰って行った。

「塩を撒《ま》きな」

伊勢蔵はおちかにそう言うと小夏の泣き声はさらに高くなった。

「もう、いや。こんなのいや。死んでしまいたい……」

「死んでどうするんだよう。後生だから自棄《やけ》にならないでおくれよ、小夏」

おちかは慌てて小夏の傍に寄ると、その背中を撫《な》でながら、おろおろして宥《なだ》めた。

「お前さん！」

おちかは仕舞いには苛々《いらいら》した声を伊勢蔵に上げた。

「小夏よう、あの親父がそんなに偉いのか？　十四で餓鬼を作った男がよう」

伊勢蔵は、ややしんみりした声で訊いた。

「済んだことはいいじゃないの。今がちゃんとしているんなら」

小夏は口を返す。

「家族が気持ちを一つにして生きて来たという話は、おれだって感心した。だが、そこにお前ェが入り込むとどうなる？」

「あたしも家族の一人になるんじゃない」

小夏は当然のように応えた。伊勢蔵は安易にしか考えられない娘の若さが哀れに思えた。

「お前ェは他人なんだぜ。一杯の飯を分け合う苦労なんざしたことがねェ。そいつがどういうことか、わかっているのかい？　あいつ等は強ェよ。怖いものなんざ、これっぽっちもありゃしねェ。だが、おれは、その怖いもの知らずのところが、むしろ怖ェんだ」

「お父っつぁん……」

小夏はようやく伊勢蔵を見た。

「仮にお前ェがあいつと一緒になって、うまく行かなくなって出て来たとする。あいつ等は、んなこと、ちっともこたえねェ。仕方がねェで済ましてしまう。だが、おれはお前ェの父親だ。それじゃ済まねェのよ。頭に血を昇らせて殴り込みを掛けるかも知れねェんだ。それにあいつの下には妹が二人いる。お前ェは末っ子だから、姉さんとおだてられりゃ悪い気はしねェだろう。妹達は小姑《こじゅうと》だ。小姑、鬼千匹とは昔から言うことだ。二人なら二千匹だぜ」

「悪いようにしか考えないのね」

小夏は溜め息をついてぽつりと言った。

「おれァ、岡っ引きだ。人はまず疑ってから掛かる。だが……親子の縁を切ってもあの野郎と添いてェと家をおん出る覚悟なら……止めねェよ」

伊勢蔵は低い声で言った。

「お父っつぁん、あたし、そこまで言っていない」

小夏は案外、物分かりよく応えた。伊勢蔵の張り詰めていたものが、一瞬、弛《ゆる》んだ。

「あたし、お嫁に行ってからもこの家と行き来したいから……だから許して貰いたいんじゃない」

「…………」

「ね、小夏。あせることはないよ。あんたも龍ちゃんもまだ若いんだから。時間はたっぷりあるというものさ。あんたと龍ちゃんの気持ちが変わらなければ、その内にお父っつぁんだって根負けするよ」

おちかが口を挟んで小夏を励ました。

「根負けたァ、何んだ」

伊勢蔵は鼻先で笑った。小夏は落ち着きを取り戻し「ごめんね、お父っつぁん、心配掛けて。あたし、もう少し考えてからにするから」と応えた。伊勢蔵はその拍子に深い吐息を洩らした。

五

龍吉は三日と空けずに相生町に通って来た。

小夏は伊勢蔵の言うことを聞いて、そんな龍吉をさり気なく、いなしていた。しかし、二人の仲が進展しないことに苛立ったのか、龍吉はしばらくすると、ぷっつりと小夏の前に姿を現さなくなった。

「ほらな」

そら見たことかと伊勢蔵が言えば、小夏は悲しそうに眼を伏せた。年が明けたというのに小夏の心の中には春の兆《きざ》しさえも訪れていないようだ。

小夏の恋患いから始まり、元旦の大雪、龍吉の父親の若さ……伊勢蔵には驚きの連続であった。だが、伊勢蔵が驚くことはそれに留まらなかった。伊勢蔵の周りだけでなく、江戸市中においても、人々が驚くでき事が続いた。甘酒売りの老婆に触ると流行《はや》り病《やまい》になるという噂が流れ、甘酒売りの商売があがったりになったかと思えば、道玄坂《どうげんざか》で金色の亀、三田寺町では双頭の亀が見つかったという。

品川で相撲取りも驚くような大女の飯盛りが出て評判を取っている。大喰い大会が盛んに催され、蕎麦を六十三枚だの、酒を三升だのと人並み外れた胃袋を自慢する奴もいた。

何かが、どこかが狂っていると伊勢蔵は思った。伊勢蔵は、とんでもないことがまだ起こるのではないかと悪い予感に脅えた。

京橋の辺りで火事が起きたのは三月の声を聞いて間もなくだった。幅四町、長さ十町余りを焼き尽くす火事である。外神田を縄張にする伊勢蔵は飛び火をずい分心配したものだが、幸い、その時は土地の火消し連中に消し止められた。

ほっと安心した矢先、恐れていたことが的中したかのように神田佐久間町の鍛冶屋《かじや》から火が出た。夜の四つ（午後十時頃）過ぎのことだった。

伊勢蔵は半鐘の音に飛び起きると着替えをして、すぐさま火事場に駆けつけた。風がないのが幸いだったが、ここ二十日ばかり雨が降らず、町内はからからに乾いている。火は鍛冶屋の両隣りをたちまち燃やし、東にある佐久間町河岸に燃え拡がる気配を見せている。

か組の連中は一斉に身仕度を整えて出動し、鍛冶屋の方の消火は何んとか治めた。しかし、新たに火の手が上がったとの声を伊勢蔵は聞いた。自身番に寄ってから伊勢蔵は東の佐久間町河岸へと走った。

和泉橋から新橋の間は煙が充満していた。

大家の伝兵衛は、すぐさま自身番に来て木戸番の番太郎とともに炊き出しの用意を始めた。その間にも火の見櫓では半鐘の音がやかましかった。

河岸の近くに松沢露庵《ろあん》という町医者の屋敷があった。露庵は町内の人々から慕われ、患者の数が多い。そこを焼いては病人が困る。

伊勢蔵も何んとか露庵の屋敷が無事であるようにと祈る気持ちだった。野次馬の人垣が二重にも三重にもなっている中、手前の空《あ》き屋敷の屋根で籠目傘《かごめがさ》に馬簾《ばれん》の、か組の纏が翻《ひるが》っているのを伊勢蔵は見た。纏持ちは末五郎だった。

鍛冶屋の消火を、あらかた済ませるとすぐにこちらに走ったのだ。末五郎はいち早く、その身軽な身体で屋根に上った。他の組の纏持ちより遅れを取っては纏持ちの恥となる。

町火消しには最下級の人足から始まり、平人《ひらびと》、梯子持ち、纏持ちと役回りが決まっている。組の長《おさ》はもちろん、頭の勘助であるが、その下に組を統率する頭取《とうどり》がいた。か組の頭取は勘助の息子の勘太郎《かんたろう》であった。三十三歳と末五郎より幾つか年上である。屋根の下では龍吐水《りゅうどすい》の水が掛けられ、傍で勘助が提灯《ちょうちん》をかざしている。その横で勘太郎が腕組みをしてじっと成り行きを見守っていた。

勘太郎は状況に応じて指示を出さなければならない。唇を一文字に引き結んだ勘太郎は、江戸の女を何かと騒がせる惚《ほ》れ惚れとした男前である。

伊勢蔵は邪魔な野次馬に、必死で後ろに下がれと声を張り上げた。少し気を抜くと、すぐに連中は前にせり出して来る。

しかし、火の勢いは治まらず、容赦なく空き屋敷を炎で包んだ。勘太郎は堪え切れず「鳶口《とびぐち》！」と命じた。控えていた人足、平人が鳶口と手鉤《てかぎ》を使って屋敷を壊し始めた。延焼を喰い止めるためである。伊勢蔵は鳶口を使いながら「ちゃん！」と激しく叫ぶ龍吉の声を聞いた。龍吉は平人の一人であった。

名主も出動して来て、提灯をかざして火事を見守っている。もはや屋根裏まで火が回り末五郎の足許が危なかった。

「ちゃん、下りろ、下りるんだ！」

龍吉は切羽詰まった声を上げた。他の人足も口々に「下りろ、下りろ」と叫んでいる。

「末五郎、言うことを聞かねェか」

勘太郎も焦《じ》れた声で叫んだ。

屋根の下には末五郎の身体を受ける厚い布が拡げられた。しかし、末五郎は纏を振ることを止めなかった。伊勢蔵は固唾《かたず》を飲んで末五郎の様子を見守った。

「危ねェな。あれじゃ、落っこちたら命はねェぜ」

野次馬からそんな声が上がった。伊勢蔵の頭にかッと血が昇った。

「おきゃあがれ！　手前ェ等に何がわかる」

伊勢蔵はぎらりと声の主の方を睨んだ。

「いやあ！　龍ちゃん！」

野次馬の顔を確認するより先に、伊勢蔵は小夏の悲鳴を聞いた。ぎょっとして人垣の中に小夏の姿を捜すと、野次馬に押し潰されそうになっている小夏がいた。寝間着の上に半纏を引っ掛けただけの恰好だった。

伊勢蔵は小夏に近づいて、その腕を引っ張った。

「危ねェ、怪我をする。何んだって出て来たんだ」

「お、お父っつぁん、あれ、あれ見て」

小夏は震えながら指差す。炎に照らされた屋根の上に二つの人影。一つは末五郎で、もう一つは龍吉だった。龍吉は下りようとしない末五郎を諭すために屋根へ上がったようだ。

だが、末五郎はうんと言わない。纏持ちの意地を張っているのだ。か組に移って来てから、初めての火事であった。並のことをしていては人々が認めてくれない。ぎりぎりまで踏んばるつもりのようだ。しかし、そのままでは末五郎も龍吉も危険だった。何んとかしなければならない。と言って、か組には他に二人を説得できるような奴はいない。勘太郎の命令にも末五郎は聞く耳を持たなかった。

「馬鹿な野郎達だ」

勘太郎がそう吐き捨てたのを聞いた時、伊勢蔵の胸が堅くなった。なぜかわからない。ただ、無性に腹が立った。十七の息子がいるとは言え、末五郎はまだまだ若い。火にのぼせ、火に酔い、危険が迫っていることさえ忘れて纏を振るっているのに、馬鹿と言われては末五郎の立つ瀬がない。

「お父っつぁん、このままだと龍ちゃんも小父さんも死んでしまう……」

小夏は口許を手で塞《ふさ》いで咽《むせ》んだ。

「お父っつぁん、何んとかして……」

伊勢蔵は屋根の上の二人をしばらく眺めていたが、やがて唇を噛み締めると火消し連中の傍に行き、頭から水を被《かぶ》った。

「親分、何をするつもりだ」

勘太郎が慌てて伊勢蔵を制した。

「頭取、二人を死なせるつもりか？」

伊勢蔵は勘太郎を睨んで吠《ほ》えた。

「ま、まさか。ここまでやるとは思いも寄らねェ……」

勘太郎はなす術《すべ》もないという顔で応えた。

「やい、やい、末五郎、聞こえるか？」

伊勢蔵は火の傍に近づき屋根に向かって怒鳴った。

「聞こえてるよ、親分」

存外に呑気な声がごうごうと唸《うな》る炎の中から聞こえた。

「下りろ」

「ここで下りたら纏持ちの名がすたらァ」

「手前ェ、死にてェのか！」

「放っといてくんな」

「下りねェと、手前ェの息子に小夏はくれてやらねェぞ。いいのか、末五郎」

屋根に火が点《つ》いた。端から焼け崩れて行く。

全体が落ちる刹那《せつな》、龍吉は末五郎の身体を背中から押し、末五郎の身体は受け布に落下した。人々から悲鳴が上がった。続いて龍吉も受け布の中に飛び下りた。近所の人々も総動員して、火はようやく、それから半刻後に消えた。露庵の屋敷は物置を焼いただけで、母屋の方には影響がなかった。

辺りはまだいぶり臭い。薄青い煙がぶすぶすと上がっている。夜が明けたばかりの、かはたれ刻《どき》、火消し連中は用心のために、まだそこここに水を掛けていた。それが済むと自身番に戻った。炊き出しの握り飯を振る舞われるためである。

伊勢蔵は一番最後まで火事場に残っていた。

末五郎も一緒だった。

「さて、行くか？」

伊勢蔵が促すと「親分、さっきの話は本気にしていいんですかい」と末五郎が訊いた。小夏を龍吉にくれてやると言ったことだ。

「ああ、約束だからな」

「ありがてェ……」

末五郎の声が湿った。火消し装束の末五郎は一段と男振りを上げていた。水を被った伊勢蔵は身体の芯《しん》がこごえている。がたがたと胴震いをしていたのは、寒さばかりのせいではなかったろう。

二人が自身番まで来ると、戸口の前に莚《むしろ》が拡げられ、人足達が座って握り飯を頬張っていた。その中に龍吉と小夏がいた。小夏は龍吉に寄り添いながら、指についた飯粒を盛んにねぶっていた。

伊勢蔵は末五郎を振り返った。

「もう、すっかりその気だぜ」

「へい、親分のお許しが出たんで龍の野郎も心から安心したんでさァ」

「頼むぜ」

伊勢蔵は低い声で言った。

「龍が惚れた女なら、あっしにとっても可愛い嫁です。決して粗末には致しやせん」

伊勢蔵は末五郎の言葉をうっとりする思いで聞いた。しかし、身体の中から何かががらがらと崩れて行くような気もまた、していた。

六

火事の後で伊勢蔵は高い熱を出した。水を被った身体をそのままにしていたせいだ。

三日も四日も床の中で暮していると、町内のことが、やはり気になる。子分を一人置いているが、これがさっぱり役に立たない男だった。伊勢蔵が倒れたのをいいことに朝から飲んだくれているという。身体が本調子になったら、あんな者はお払い箱にしてやると、本気で思っていた。

龍吉は心配して度々見舞いに来た。それは伊勢蔵にとって悪い気はしなかった。しかし、熱が下がって床の上に起き上がれるようになった伊勢蔵に龍吉は驚くようなことを言った。

「親分、おいらに跡を継がせて下せェ」

真顔で言った龍吉に伊勢蔵は一瞬、言葉を失った。梯子乗りの見事な技を伊勢蔵は忘れてはいない。それが惜しいと思った。

「馬鹿野郎、鳶職の仕事があるだろうが……」

「それをやりながらじゃ、いけやせんか?」

「十手持ちァ、片手間でできるもんじゃねェ。いつ何刻だろうが事件が起きりゃ駆けつけなきゃならねェ。はっきり言って間尺に合わねェ仕事だ。黙って今の仕事に精を出しな」

「ですが、親分の所は春吉兄さんも、松蔵兄貴も跡を継ぐ様子がねェ。これじゃ、親分の代で縄張は他人に渡っちまう……おいら、鳶職は嫌れェじゃねェ。だが、親分を見てから気持ちが変わった。おいら、十手を持ちてェ」

「お前さん！」

おちかが悲鳴のように叫んだ。あまりの喜びで動転している。

「お父っつぁん、龍ちゃんの言う通りにしてやって。あたし達、ここで一緒に暮すから。龍ちゃんのお父っつぁんもいいと言ってくれたのよ」

「ここで？　この家で？」

伊勢蔵は信じられないという顔をした。

「だが、お前ェは末五郎のたった一人の息子だ。そういう訳には行くめェよ」

「親分、親子の縁を切る訳じゃねェ。うちの親父はまだまだ若けェ。面倒を見る心配は当分しなくていいんだ。おいら、その前に親分に孝行がしてェ」

伊勢蔵の鼻の奥がツンと痛んだ。

「おちか、龍吉は入り婿《むこ》の真似をするんだとよ」

伊勢蔵は笑いながらおちかに言った。

「末五郎さんが若くてよかったねえ。そうだよ、うちの人がぽっくり逝《い》ってから末五郎さんの面倒を見たって、まだまだ間に合うもの」

おちかは縁起でもないことを言った。

「おきゃあがれ。神田の伊勢蔵はまだまだ元気だァな」

伊勢蔵は声を張り上げて言ったつもりだったが、その声は途中から涙で途切れた。龍吉は伊勢蔵を励ますように後ろに回って伊勢蔵の肩をぐいぐいと揉んだ。

恐ろしく痛かった。

あんちゃん

一

薬研堀の薬種問屋「丁子屋《ちょうじや》」の跡取りである菊次郎《きくじろう》が同業の「なり田屋」の娘と祝言《しゅうげん》を挙げたのは、梅が咲き、鶯《うぐいす》がホーホケキョ、ケキョ、ケキョと鳴く春のことだった。

前年に父親の菊蔵《きくぞう》が中風《ちゅうぶう》で倒れてから、店の一切がいきなり、菊次郎の瘦《や》せた肩にのし掛かって来た。それまでは家の商売などそっちのけで、駕籠《かご》でサッサ、行くのはサッサの吉原通い、季節になれば花見だの月見だのの風流、何も用事がない時は米沢町《よねざわちょう》の「人参湯《にんじんゆ》」の二階で顔見知りの誰彼と馬鹿話に興じているていたらくであった。

そんな菊次郎が、父親が倒れたのを機に、ようやく家の帳簿に目を通して見ると、これが借財の山。小売りの店からの回収がうまく行かなかったものか、番頭か手代が、こっそり店の金に手をつけたものか、はたまた、菊蔵が女にでも入れ上げていたものか、もはや五年も前から店は赤字続き。よくも今まで店がもっていたものと感心するほどのありさまだった。

駕籠でサッサどころか、夜逃げでサッサを決め込む算段をしなければならないと菊次郎は思い詰めた。奉公人は、うすらとぼけた間抜け面をさらしているだけだし、母親のお梅《うめ》はよよと泣き崩れるばかり。症状がやや回復した菊蔵に仔細《しさい》を訊《たず》ねようにも、そういう時だけ訳のわからない振りをする。心底、菊次郎は弱った。

日本橋の呉服屋に嫁に行っている姉のおゆきに相談を持ち掛けても「あんたが遊んでばかりいるからよ。駄目よ、うちだって火の車なんだから。持参金を出してくれそうなお嫁さんを貰うことね。あんたの取り柄《え》は、そのなよっとした男振りしかないんだから、ここはそれを使うしきゃないわよ」と、にべもなかった。きょうだいは他人の始まり。菊次郎はその諺《ことわざ》を強く心に刻んだ。

それでもおゆきは実の姉だった。亭主をそそのかし、持参金つきで来てくれそうな嫁の物色を始めた。白羽の矢が立ったのは丁子屋と同業のなり田屋である。そこの一人娘、おかね。その名を聞いた時、菊次郎は「うわっ」と呻《うめ》いて、思わず身体がのけぞった。

おかめ大明神、人三化七《にんさんばけしち》と評判の醜女《しこめ》であった。なり田屋の主《あるじ》は娘可愛さに持参金つきを承知で話を進めに来た。仲人などは通さない。直である。

「菊次郎さんよ、あんたが不服を覚える気持ちは、ようくわかっている。うちのおかねに、あんたは過ぎた男だ。だがね、わたしはおかねの父親だ。おかねの気持ちがわかっているだけに切ないいんだよ。おかねは昔から、あんたのことを思い詰めていたんだ。丁子屋さんの身代が危ないから足許を見て言っているんじゃないよ。あんたがおかねと所帯を持ってくれさえしたら、その後は浮気をしようが、吉原で遊ぼうが、わたしは眼を瞑《つぶ》る。ねえ、わたしは存外に物分かりがいいんだ。丁子屋の借金のことも承知だ。おかねの持参金ですべて片《かた》がつくとは思えないが、当座は凌《しの》げる。その先はあんたが商いに精を出してくれたら、丁子屋はきっと元の勢いを取り戻すよ」

なり田屋常吉《つねきち》はそう言って菊次郎を懇々と諭した。常吉は足許を見てはいないと言ったが、立派に足許を見ていた。行かず後家になりそうな娘の厄介払いを決め込んだのだ。そのための持参金なら百両が二百両でも安いものだと。

なり田屋はおかねの兄が所帯を持って跡取りの心配がない。店も繁昌《はんじょう》している。常吉の気掛かりはおかねだけだったのだ。

その話には菊次郎もずい分、悩んだ。しかし、そうしなければ店は傾く。お梅も奉公人も持参金つきの嫁の話に狂喜乱舞の態《てい》。

とうとう菊次郎はおかねとの祝言を承知したのである。

祝言の日、おかねは、おゆきの店で誂《あつら》えた白無垢《しろむく》の衣裳《いしょう》で輿入《こしい》れして来た。おゆきも祝言の機会に、しっかり商売っ気を見せ、それにも菊次郎はうんざりだった。

何ほど極上の衣裳か知れないが、これほど花嫁衣裳の似合わない娘もいなかった。こってりと白造りに白粉を塗った顔は、たちの悪い雪女、京紅を塗った大きな口から見える歯が、やけに黄ばんで見えた。嬉しさにその顔で菊次郎に笑い掛けるものだから、菊次郎はおかねの綿帽子をぐっと引き下げた。おかねはおとぎ話の鉢かずき姫のようになって、それでも祝言の席では殊勝にしていた。

一夜明けて、おかねは晴れて菊次郎の女房となった。

おかねは、気になるげじげじ眉を剃《そ》り落とし、鉄漿《かね》をつけた。そうなると、さらにおかしい。父親の足を揉《も》みに来る按摩と瓜《うり》二つの顔に見えた。奉公人は面と向かって無礼はないものの、おかねの見ていないところで噴《ふ》いている。お梅はさすがに来たばかりの嫁に気を遣い、「おかねちゃん、お仏壇にお水を上げておくれ」と猫撫《ねこな》で声を出している。しかし、お梅がいつもより、手鏡をしげしげと眺めていたのは、自分の方がおかねよりましだと確認していたのじゃなかろうかと菊次郎は思っている。

二

米沢町の人参湯の二階では、いつもの連中が集まっていた。貸本屋の備前屋《びぜんや》長五郎《ちようごろう》、小間物屋「えびす屋」の隠居の善兵衛《ぜんべえ》、菊次郎の遊び仲間である日本橋の薬種屋「鰯《いわし》屋《や》」の与四兵衛《よしべえ》、それに人参湯の三助の豊吉《とよきち》が、湯屋の仕事をそっちのけで、いらぬ顔を出していた。

「さあさ、菊ちゃん、どうなの？　ご新造さんを迎えたご気分は」

与四兵衛が好色な笑いを貼《は》りつかせて口を開いた。他の連中も菊次郎が何を言うのかと、さり気なく耳をそばだてている。

「ご気分だって？　ご気分は滅法界、悪いやね」

菊次郎は、わざと不機嫌に言う。

「そんなことはございませんでしょう、若旦那。祝言を挙げたばかりのほやほやだ。こちとら羨《うらや》ましくてなりません」

備前屋がいつもの世辞を言った。何がほやほやだ、荷を引く馬が落っことして行った馬糞でもあるまいし、と菊次郎は思う。

「そんなに羨ましいなら、備前屋、お前にあれを譲ってやってもいいよ」

「ご、ご冗談を」

備前屋は慌てて掌を左右に振った。その顔が真顔だったので菊次郎は傷ついた。

「でもさ、菊ちゃん。おかね、生娘だったろ？」

与四兵衛は続けた。他の連中の頭が、ぐっと前のめりになった。

「さあてね」

菊次郎ははぐらかす。実は祝言の前に酔った勢いでおかねを出合茶屋に連れ込んでいた。

その時のことを思い出しても、おかねが「痛ッ、イテテ」と色気のない悲鳴を上げたことしか憶えていない。

「よかったね、菊ちゃん」

与四兵衛は何がよかったのかわからないが、そんなことを言って菊次郎の肩をぽんと叩《たた》いた。

「菊ちゃん、豪勢な祝言だったよ」

えびす屋の隠居が感想を洩《も》らした。

「ご隠居、その節はお忙しいところをお越し下さいまして、それに過分なご祝儀までいただきまして、本当にありがとう存じます」

菊次郎は挨拶《あいさつ》だけはしっかりした男である。

抜かりなく善兵衛に礼を言った。善兵衛は「いやいや」と菊次郎をいなした。

「菊蔵さんも祝言に出られるほどに回復したことだし、今年はいい年になりそうだね、菊ちゃん」

善兵衛は、温顔をほころばして、しみじみとした口調で言った。

豊吉の淹《い》れてくれた茶を啜《すす》り、善兵衛の奢《おご》りの大福を頬張っていると、とんとんと梯《はし》子段《ごだん》を上って来た男がいた。初めて見る顔である。菊次郎はちらりと、その男を見たが構わず、祝言に出席した客の顔ぶれだの、宴の首尾などを、いつもの調子で語っていた。湯屋の二階は休息所になっている。湯銭十文の他に、もう十文払えば何時間いても構わない。なじみ客のたまり場になっていた。

その男は窓の傍《そば》で湯上がりの汗を拭《ぬぐ》っていたが、その内、こちらに興味を示したと見えて、つっ、つつつっ、と寄って来た。仕舞いには備前屋の横で一緒に声を上げて笑っている。

小柄な男である。年は三十五、六だろうか。

狭い額に三本の皺《しわ》がやけに目立つ。丸顔の色白で、しおたれたような媚茶《こびちゃ》の羽織を纏《まと》っていた。

「お見掛けしないお方ですが、人参湯は初めてでございますか？」

菊次郎はさり気なく、その男に口を開いた。

「ご無礼致しますです、はい。手前は林家庵助《はやしやあんすけ》と申す者でございます。以後、お見知り置きを」

男はだみ声で如才なく応えた。

「林家って、お前さん、噺家《はなしか》なのかい？」

与四兵衛が胡散《うさん》臭そうに訊《き》いた。与四兵衛は初めて会う人間には人見知りする質《たち》だった。男を見る眼にもそれが少し現れていた。

「ま、そんなような者で……」

男はそう応えてから「ご祝言がおありになったそうで、おめでとう存じ上げます」と言い添えた。

「いえ、なに……ありがとうございます」

菊次郎は仕方なく礼を言った。初めて会う男に祝いの言葉を述べられても、あまりピンと来ない。

「なり田屋のお嬢さんだそうですね。あの娘は、お面《めん》は悪いが、しっかり者ですよ。それに世話好きですから、お舅《しゅうと》さんの面倒も親身になって見ることでしょうよ」

男の言葉に他の連中は居心地の悪い様子で顔を見合わせた。お面が悪いとはっきり言ったためだ。幾ら何んでもそれはない。一応は菊次郎の女房になった女である。

「失礼ですが、なり田屋さんのご親戚ですかな？」

善兵衛も気になった様子で口を挟んだ。

「いえいえ、あたくしはそんな者じゃありませんで、ございまして、そのう……」

男はやや慌てている。こいつ、怪しい奴。

誰もの気持ちの中にそんな思いがあった。男は連中の気持ちを敏感に悟ったらしく、

「ええ、本日はこれにてご無礼致しますです。皆々様には、どうぞご機嫌麗《うるわ》しくあらせ

ませませでございます」そう言って、そそくさと帰って行った。

「何んだ、あれ。ご機嫌麗しくあらせませませ、だって。舌嚙《か》んじゃうよ」

与四兵衛が呆《あき》れたような声を上げた。

「豊吉、あの男はちょくちょく来る顔かい？」

菊次郎も気になって豊吉に訊いた。

「今日で確か、三回目あたりですよ。最初は若旦那の祝言が決まった頃で……湯に入ってから、ここが滲《し》みるねえと言って股ぐら押さえておりましたよ」

人参湯は唐辛子を湯に混ぜ込んでいるので、大事なところに刺激が走る。慣れてしまえばどうと言うこともないが、初めての客は一様に驚きの表情になるのだ。

「そう言えば、あの客、やけに若旦那のことを訊いていましたよ。噺家みたいな振りをしておりましたが、あれは本当なんでしょうかね」

豊吉は不審そうに続けた。

「さあねえ、陽気がよくなると、おかしな野郎が出て来るものだ。お客さんに迷惑が掛からないように、お前も気をつけておくれよ。まさか新手《あらて》の板の間稼ぎでもないだろうが……」

菊次郎がそう言うと、善兵衛と備前屋が慌てて懐を探った。

ほっと安心した顔をしたので、どうやらそういう輩《やから》ではないらしい。

「しかし、どうもあの顔はどこかで見掛けたような気もする」

善兵衛はぬるくなった茶をひと息で飲み下して言った。

「ご隠居、どこで見掛けたんです？」

菊次郎は善兵衛を急《せ》かした。

「ええと……ええと……いかん、どうしても思い出せない」

善兵衛は苛々《いらいら》した様子で自分の頭を握り拳で打った。

「とうとう、ご隠居もぼけましたか」

与四兵衛が辛辣《しんらつ》に言った。

「ものの言い方に気をおつけ。ご隠居に向かって何んてことを」

「いいんだよ、菊ちゃん。与四兵衛の言う通り、この頃のわたしは少しぼけているんだ。同じことを何度も言うと倅《せがれ》や嫁に言われるし、大事な約束をころりと忘れるし……菊蔵さんの次はわたしがあたるかも知れないよ」

善兵衛は少し寂しそうに言った。

「ご隠居、そんなこと言っちゃいやですよう」

菊次郎は鼻声になって善兵衛の袖《そで》に縋《すが》った。

「親父があぁなっちまったから、わたしはご隠居を頼みにしているんですからね。わたしを諌《いさ》めて下さるのは、ご隠居、あなただけですって」

「菊ちゃんー」

善兵衛はぐっと詰まって菊次郎の手をぎゅっと握った。まるで西両国広小路の三文芝居である。備前屋は、やってられないという顔で、そそくさと身仕度をすると出かける用意を始めた。豊吉も茶釜《ちゃがま》に水を張った。湯屋の二階は茶の用意がしてあり、好みの菓子も買える。豊吉は三助だが、他の者と交代で茶の番もするのだ。

「ご隠居、あ、い、あちきが今度来るまで、あのへなちょこ野郎のことを、きっと思い出して下さいよ」

与四兵衛は取り繕《つくろ》うように言って、帰って行った。

窓の外から竹竿《たけざお》売りの間延びした声が聞こえる。江戸はこれから春の盛りを迎えるのだった。

三

それからその男は、何かと菊次郎の周りをうろちょろするようになった。人参湯はもちろんのこと、ちょいと一杯引っ掛けに行く元柳橋の「甚兵衛《じんべえ》」にまで顔を出すのだ。

甚兵衛は一膳《いちぜん》めし屋であるが夜は酒も飲ませる。そこには人参湯の連中はもちろん、町医者の佐竹桂順《さたけけいじゅん》、おかねの父親の常吉も時々、顔を出す。身体が達者な頃は菊蔵も通っていた。値段の割にうまい酒と肴《さかな》を出すからだ。

庵助は酒を人に奢らせるのが絶妙にうまい。

あからさまにたかるのではなく、人の輪にさり気なく入って行く。聞き上手なようで、埒《らち》もない話でも、いちいち相槌《あいづち》を打つ。相手はそうされると嬉しいから「まあ、一杯やりねェ」と、ちろりの酒を注いでくれる。庵助は、それをやけにありがたがって口に運ぶ。

一杯が二杯、二杯が三杯。仕舞いに庵助は、相手のちろりを手酌で勝手にやっているという按配なのだ。いざ勘定する段になって、いつもより高いと気がついた時は後の祭りである。庵助の飲み代《しろ》も払わされているという訳である。

しかし、そうは言っても庵助は憎めないところがあった。第一、庵助がその場にいるだけで座が盛り上がる。話がうまいのは自称噺家だから当たり前である。その他に、町中での庵助の風聞が人参湯や甚兵衛でも話題になった。

最初に庵助の話をしたのは町医者の桂順だった。彼は女筆《にょひつ》指南のお龍《りゅう》と所帯を持ち、薬研堀に腰を下ろした男である。髭《ひげ》だらけの鬱陶《うっとう》しい顔をしているが医者としての腕はよく、町内の者から慕われている。

菊次郎が晩飯の後でふらりと甚兵衛の縄暖簾《なわのれん》をくぐると、飯台の前に桂順が座っていた。

「おや先生、お一人で？」

菊次郎は気軽な声を掛けて桂順の横に座った。

「やあ、菊次郎さん。退屈していたところです。一緒にやりましょう」

桂順は嬉しそうに笑った。お龍は今、妊娠中でつわりがひどいという。亭主の体臭を嗅いでさえ、おえッと来るらしい。桂順は仕方なく、お龍が眠った頃に家に戻るのだ。

「大変ですね、それは」

菊次郎は気の毒そうに言った。

「なあに、つわりは病ではない。もうひと月も経《た》てば体調が調いますよ」

桂順はさほど気にしている様子でもなく応えた。

女房持ちとなった桂順は以前より小ざっぱりとした恰好《かっこう》をしている。その夜も鉄紺色の袷《あわせ》を粋《いき》に着流していた。菊次郎は出かける時に羽織を離さない男である。黒の無紋の長羽織をじょろりと着物の上に重ねていた。

「本日は、あんちゃんはおいでにならないのですかな」

桂順はそんなことを言った。

「あんちゃん？」

菊次郎は怪訝《けげん》な眼を桂順に向けた。酒のあては青柳と葱《ねぎ》のぬたである。菊次郎はそれをおちょぼ口に上品に運んでから、盃の酒をくっと喉に流し入れた。すぐに桂順が酌をしてくれた。

「畏《おそ》れ入ります……あんちゃんとおっしゃるのは、例の噺家のことですか？」

「そうそう。皆、あんちゃんと呼んでおります。庵助だから、あんちゃん。なかなか気の利いた呼び方です」

「あのね、先生。そんなふうにあいつを甘やかすから、あいつはのぼせるんですよ。ここに来ても、ろくに酒代も払わず、ただ酒、かっ喰らっているじゃないですか。ねえ、親父？」

菊次郎は板場にいる甚兵衛の亭主に相槌を求めた。亭主は曖昧《あいまい》に笑った。

「まあ、それはそうですが、あんちゃんは悪い人ではありません。一緒に話をしていると愉快ですし」

桂順は意に介する様子もない。

「先日、とんでもない場面に出くわしました」

桂順は、今度は菊次郎の酌を受けて、さもおかしそうに口を開いた。

「何んですか？」

「わたしが外桜田《そとさくらだ》の赤羽《あかばね》様というお大名のお屋敷へ伺《うかが》った時のことです」

「ほう」

菊次郎は感心した声を上げた。桂順はその腕を見込まれて、時々、そうしたやんごとなきお屋敷にも出向くことがある。桂順は患者とゆっくり話をすることで患者の悩みを取り除くという。よほどの重病ならともかく、気鬱が原因の病ならば二、三度往診するだけで回復するらしい。菊次郎の父親の菊蔵も桂順に命を助けられた一人であった。

「その時に登城なさるお大名の行列がありましての」

「はいはい。お大名様は何事につけても行列をなさって外出されますよ。下にい、下にい、こうですね？」

「おっしゃる通りです。わたしも道の脇《わき》に寄って、行列が通り過ぎるのを待ちました。ところが供先《ともさき》を切った者がいるんですよ」

大名行列の進行を阻《はば》む供先を切る行為は、無礼討ちをされたとしても文句は言えない。大胆にもそんなことをする者がいたのかと菊次郎は驚いた。

「あんちゃんなんですよ」

桂順は苦笑しながら言った。

「あいつか、やりそうなことですね」

「伴の侍が、こらっ、と一喝しまして、あんちゃんを追い掛けました。ところがあんちゃんはすたこらさっさです。そのやり方が子供じみていましてね、まっすぐ逃げりゃいいのに、途中で露地に入るんです。そいで侍が後を追い掛けりゃ、こちらに逃げて来る。別の侍が追い掛けて、また別の露地に入る。まるで鬼ごっこですよ。駕籠のお殿様がいい加減にせよと止めたので、あんちゃんはお咎《とが》めもなくそのままになりましたが、わたしは、見ていてはらはらしておりました」

桂順はその時のことを思い出して、少し顔をこわばらせた。

「あいつはまた、どうしてそんなことを」

「面倒を見ていた猫がいなくなったので捜していたと言ってました。一つのことを思い詰めると周りの事が見えなくなるようです。その時も猫にばかり気を取られていたそうです」

「馬鹿じゃないですか」

菊次郎は呆れた声で言った。

「しかし、ああいう人がこの世にいるのは愉快ですな。お龍にもあんちゃんの話をしましたら、笑い転げてしばらく止まりませんでした」

「さようですか」

菊次郎は白けた表情になった。桂順は何かと言うとお龍を引き合いに出す。実は、菊次郎はお龍に岡惚《おかぼ》れしていた口でもあった。お龍を諦《あきら》めたから、おかねと祝言を挙げたのである。

「わたしの見たところ、ずい分、菊次郎さんのことを気に掛けている様子です。お知り合いですかな？」

桂順はふと気づいたように言った。

「とんでもない。あんな知り合いがいて、たまるもんですか」

菊次郎はぷりぷりして盃の酒を飲み下した。その夜は少し悪酔いした。

四

人参湯で貸本屋の備前屋が、さも肝《きも》が焼けたというふうに口を開いた。菊次郎に滝沢馬琴の『燕石雑志《えんせきざつし》』を勧めて、すげなく断られたせいもあったろう。

「昨日、本所であんちゃんとばったり会ったんでございますよ。あたくしが珍しいですね、こんな所でと申しますと、なに、蓬《よもぎ》を摘みに来たと呑気なことをおっしゃいました。蓬は香りが結構ですねとお愛想を言ったのが仇《あだ》になりまして、それじゃ、お浸しにして届けてやると、こうです。別にあたくし、蓬のお浸しなんざ、食べたい訳じゃございませんので、いえいえ、そこまでなさらなくてもと、ずい分お断りしたのですが……」

「やって来ちゃった」

与四兵衛が備前屋の後を受けた。

「そうなんでございますよ。ところがあなた、お浸しっていうものは、お湯でゆがいて、それから水に晒《さら》して拵《こしら》えるものでございましょう?」

「そうじゃなかったの？」

与四兵衛は不思議そうな顔になった。

「笊《ざる》に入ったそれを見ると、湯気がほかほか立っているじゃありませんか。茹《ゆ》で立てを持って来てやったと恩に着せるんでございますよう」

「それで喰ったの？」

「あなた、これがねえ、食べられた代物じゃないんでございますよ。青臭くて……さすがに敵も駄目だと悟ったようですが。それから口直しに一杯飲ませたら、とんでもない、うわばみで、あたくしはつくづく閉口した次第です。お詫《わ》びに今度はうまい漬け物をご馳走《ちそう》して下さると言っておりましたが、どうだか……」

備前屋は心底弱った表情でそう言った。

菊次郎は出窓の桟に凭《もた》れて空を眺めながら庵助のことを困った奴だと思った。いい年をして何をやっているのだろうとも思った。

「ところでご隠居。あんちゃんの素性に心当たりはついたの？」

与四兵衛は汗を拭っている善兵衛に訊いた。

善兵衛は人参湯に来るのを日課にしている。湯に入って二階で寛《くつろ》ぎ、菊次郎や顔見知りの面々と話をすることを楽しみにしている男だった。菊蔵の幼なじみでもあるが、今では菊次郎の方と、つき合いが濃い。

「昔の知り合いの息子だった」

善兵衛はあっさりと言った。

「顔見知りって誰？」

与四兵衛は覆い被《かぶ》せる。しかし、善兵衛は「あんた達の知らない人だよ」と、はぐらかした。

「だから、どんな経緯《いきさつ》があって、ああいう変てこりんなのができ上がった訳？　皆んな、それが知りたいんじゃないの」

与四兵衛は苛々した様子で善兵衛に言った。

最近の与四兵衛は善兵衛をないがしろにした態度をすると菊次郎は思う。年寄りになった善兵衛を小馬鹿にしているように感じられてならない。菊次郎は空咳《からせき》をして与四兵衛の傍に行くと、その身体を押し退《の》けるようにして座った。

「な、何んだよ、菊ちゃん」

「邪魔なんだよ。湯屋の二階は皆んなが寛ぐ場所だ。手前ェ一人が大きな顔をしているんじゃないよ。言っとくけどね、人参湯はわたし等の縄張《なわば》りだよ。お前は日本橋じゃないか。うちの店に商いに来るついでに立ち寄るのは構わないさ。だけどね、ここで我が物顔するのは筋違いだよ」

「わ、若旦那」

いつもと様子の違う菊次郎に備前屋は慌てている。今しも摑《つか》み合いの喧嘩《けんか》になりそうな雰囲気になった。

「あちき、菊ちゃんに何んかした？」

与四兵衛は怒気を含ませた声で訊いた。

「ものの言いように気をつけろと何遍も言ったのを忘れたのかい？　この中《じゅう》からご隠居には悪口三昧《ざんまい》。やれ、ぼけたの、カスだのと……」

「あ、あちき、カスだなんて言ってないよ」

「同じことさ。誰だって年を取るんだ。お前がご隠居と同じ年頃になった時、ご隠居ほどしっかりしているかどうか怪しいもんだ」

「やめなさい！」

善兵衛が声を荒らげた。

「わたしのことでお前達が喧嘩することはないんだ」

「ご隠居、わたしはずっと前から与四兵衛の物言いに肝が焼けていたんですよ。店が繁昌しているからって得意になっているのさ」

菊次郎の口吻《こうふん》には悋気《りんき》も多分に含まれていた。丁子屋と違い、鰯屋は商いに滞《とどこお》りがない。

丁子屋は問屋で鰯屋よりも格が一つ上の店である。しかし、この頃は立場が逆転していて、番頭、手代の態度もすこぶる横柄である。それも菊次郎には気に入らなかった。

「ああそうかい、そういうことかい。菊ちゃんはあちきが羨ましくてそういうことを言うんだね。それなら言ってやるよ。鰯屋は丁子屋と違って借金なんざ、ありゃしない。店の金蔵には黄金色したのが唸《うな》っていて、床が抜けそうなのさ」

「お前とは絶交だ。もううちの店は取り引きしてやらないよ」

「ほう、豪気な口を叩く。へちゃむくれのおかねの持参金で店を持ち直そうとしたくせに」

売り言葉に買い言葉である。与四兵衛は心からそう思っていた訳ではない。だが、出た言葉は取り返しがつかない。出た小便は引っ込まない。人参湯の二階にいた者を与四兵衛はすべて敵に回してしまった。白い目線に耐え切れず、与四兵衛は「馬鹿野郎！」と叫んで梯子段を下りて行った。途中でやけに大きな音がしたのは、何段か足を踏み外したのだろう。

後に残った者は白けた顔で黙り込んだ。

菊次郎は洟《はな》を啜った。何んだか泣けていた。

善兵衛はよしよしというように菊次郎の背中を摩《さす》った。

とんとんと、また梯子段の音がした。

与四兵衛が戻って来たのかと色めき立ったが、顔を見せたのは庵助だった。一同は気の抜けた吐息をついた。

「おや、皆様、お揃《そろ》いで。今、そこで鰯屋の若旦那と擦れ違いましたが、何んでございましょうねえ、大粒の涙を浮かべておりましたですよ。梅雨になるのはちと、早い。その前に涙の雨……なあんて乙なものでございますね」

庵助の呑気な言葉に返事をする者は誰もいなかった。

意気消沈した菊次郎が丁子屋に戻ると、おかねが客を送り出したところだった。三十ちょいと過ぎた年増の女が娘らしいのを連れていた。

「じゃあね、おかねおばちゃん」

娘は別れ際におかねにそう言って掌を振った。おかねもそれに応える。

「またね、おちよ」

「うん、さいならあ」

「さいならあ」

おかねはその娘を愛おしい様子で眺めていた。

「誰だい？」

菊次郎は二人が通りに去って行くのを見届けてから、おかねに声を掛けた。

「あ、おまいさん。お帰りなさいませ」

「うん……だから、今の二人は誰なんだい？」

「お客様ですよ」

おかねは素っ気なく応える。

「お前のこと、おかねおばちゃんと言っていたじゃないか。すると姪《めい》っ子かい？」

「いいえ、違いますよ」

おかねは取りつく島のない態度で店の中に踵《きびす》を返した。菊次郎はそんなおかねの腕を取り、胸に引き寄せた。

「おかね、夫婦の間で内緒事はなしだよ」

「あん、おまいさん。こんなところで……いけませんよう、誰かに見られたらどうするんですか」

おかねは大袈裟な鼻声で応える。誰かに見られたらどころか、店座敷にいた奉公人は、ぽかんと口を開けて一斉にこちらを見ている。番頭の治平《じへい》は店座敷から出て行こうとしたところだった。にやにや笑いながら暖簾で仕切られた廊下に出るつもりが、その手前の棚にガンと額を打ちつけてしまった。

「何をやっているんだお前は」

菊次郎は呆れて治平を叱った。おかねはその合間に、そそくさと茶の間に入ってしまった。ろくな日ではないと思った菊次郎は、珍しく夜になっても外出はせず、早々に蒲《ふ》団《とん》に入った。

出かけなくてよかった、と菊次郎はつくづく思った。夜半からとてつもなく風が強くなり、家々の屋根瓦《がわら》が飛ぶ音や空き樽《だる》が転がる音を聞いた。

「おまいさん、怖いよう」

おかねは菊次郎にひと晩中、しがみついていた。吉原にでも遠出したなら、とても戻っては来られなかっただろう。風は明け方になるまで勢いが衰えなかった。

朝になり、ようやく風も収まったので表に出て見ると、近くの自身番の上に立っている火の見櫓《やぐら》が大きく傾いていた。通りには屋根瓦が転がり、子供達がそれを集めて遊んでいる。堀をのぞくと塵芥《じんかい》が夥《おびただ》しく浮かび、どういう訳か極彩色の枕絵まで浮かんでいた。昨夜のあの風の中、呑気にそんな物を見ていた者もいたのかと思う。堀の水で濡《ぬ》れた枕絵は妙になまめかしかった。

五

甚兵衛では昨夜の風の強さを客が口々に言っていた。川向こうの深川では馬小屋がぺしゃんこになり、身動きできなくなった馬が死んでしまうということもあったらしい。

甚兵衛でも屋根瓦が何枚か飛んだので、その修理に余計な銭が掛かると亭主はぼやいていた。

菊次郎が甚兵衛を訪れた時、店には町医者の桂順、備前屋、善兵衛が顔を揃えていた。三人は小上がりで仲良くやっていたので、菊次郎もその中に入った。

「やはり与四兵衛は来ないね」

善兵衛は与四兵衛を気にしている様子だった。

「放っておきなさいよ、ご隠居」

菊次郎は、にべもなく言った。

「そうそう。ほとぼりが冷めたら、また顔をお出しになりますよ」

備前屋も口を挟んだ。

「鰯屋はずい分、古い建物だから、昨夜の風で大丈夫だったか、ちょいと気になるよ」

善兵衛はそれでも心配そうだった。そこへ例の庵助がふらりと現れた。備前屋は衝立《ついたて》の陰にそっと身体を縮めた。そうしたところで隠れたことにはならない。案の定「ええ、皆々様には本日もおすこやかであらせられまして、おめでとう存じます」と、だみ声で声を掛けて来た。

「あんちゃん、こっちにいらっしゃい」

桂順は鷹揚《おうよう》に勧めた。

「よろしいんですか？　そいじゃ、ちょいとお邪魔致しますです。これはこれは、えびす屋のご隠居。備前屋さん、その節はどうも」

庵助が頭を下げたのに備前屋は僅《わず》かに顎《あご》をしゃくっただけである。

「まあまあ、それに丁子屋の若旦那、ご商売の方はいかがでございますか？」

「お蔭様で」

菊次郎も仏頂面で返事をした。

「佐竹先生は丁子屋のお得意様でございましたよね？」

「まあ、お得意様と言うほどでもござらんが」

桂順は朗らかに笑って、庵助に酌をした。

庵助はそれを押しいただいたが、ちろりの酒は空になっていた。

「ちょいと、お酒が足らないよ。どんどん持って来ておくれ」

庵助は勝手に板場に大声を張り上げた。

「ねえ、皆様、実はあたくし、昨夜とんでもない目に遭ったんでございますよ」

庵助は細い眼を盛んにしばたたいて言った。

さあさ、始まった。下らない仕方噺が。菊次郎は内心で呟《つぶや》いたが、桂順は「ほう、どのような目に遭いました？」と、興味深そうな顔で庵助に訊いた。

「あたくしの住まいは芝口《しばぐち》にあるんでございますが、昨夜はほれ、滅法界、風が強うございまして、娘が二階の雨戸が吹き飛ばされそうだと言って来たんですよ」

「え？　あんちゃん、娘がいるんですか？」

菊次郎は驚いて庵助の顔を見た。菊次郎もいつの間にか、あんちゃんと呼んでいる。

「ええ、さいで。娘は女房と暮しております。あたくしは女房に三下《みくだ》り半《はん》を叩きつけられた口でございますので、一緒には暮しておりませんが……」

女房に三下り半を叩きつけられるとは聞いたこともないが、備前屋は、さもありなんという顔で肯《うなず》いた。新しいちろりが来たので桂順は庵助の盃に酒を注いだ。

「畏れ入ります」

「その娘さんはご近所にお住まいなのですか？」

桂順は続けて訊いた。

「そうそう。女房は小間物屋をやっておりまして、一応は二階のある一軒家に入っております。あたくしはその隣りの裏店でございます」

別れた女房と隣り合って住んでいるのも珍しい。

「娘がお父っつぁんと離れるのはいやだと申しましてね。あたくしは渋々そうしている訳で……娘は仕方のないもんでございますよ」

庵助はそう言ったが嬉しそうな顔をしていた。

「まあ、父親が傍にいるのは何かと心強いものです。それであんちゃんは雨戸の様子をみてやったのですね？」

桂順は穏やかな笑顔で言った。

「はい、そうなんでございます。女房も風が恐ろしいのか、お前さん、今夜はこっちでお休みよと言ってくれまして、やれ、ありがたい。あたくしは寝間着の裾《すそ》を尻《しり》っ端《ぱし》折《よ》りして屋根に上がりましたよ……いやあ、ものすごい風でございました。立っていることなんてとてもできません。雨戸もぱかぱかと風に煽《あお》られて今しも吹き飛ばされそうでした。雨戸が飛んじゃ、また金が掛かると思いまして、そうさせてはならじと、あたくしは必死で押さえましたよ。ところが古いものでございますから、上の方が削《けず》れてしまって、うまく収まらないんでございますよ」

庵助は身振りを交えて、その時の様子を滔々《とうとう》と語った。下らないと思いつつも、つい庵助の話に引き込まれる。おおかた、雨戸に往生して屋根から転げ落ち、腰でも打ったぐらいの話であろうと菊次郎は思っていた。

庵助は酒でますます滑らかになった口で続けた。

「それまで辰巳（南東）の方向から吹いていた風が突然、未申（南西）の方向に変わりまして、こうしていたものが、こうなりまして……」

庵助は立ち上がり、風の向きが変わった様子を小上がりの面々に説明した。

「そうそう、確かに四つ（午後十時頃）過ぎてから風の向きが変わった」

善兵衛も相槌を打った。

「それでですね、雨戸を両手で押さえている内に、何んとなく地面に降りてしまったような心地がしましてね、その通り、気づいた時は地面に倒れていたんですが……」

「ああ、お気の毒に。屋根から落っこちて気絶なさったんでございましょう」

備前屋が眉根を寄せて口を挟んだ。

「ところが、どうも見慣れない場所でございましてね。おかしいなあ、ここはどこだろうと周りをきょろきょろさせながら歩いておりますと、これが皆様、どこだと思いますか？」

「どこだったの？」

菊次郎は無邪気に訊いた。

「神田のお玉ヶ池近くの空地だったんでございますよ」

「……………」

菊次郎は狐《きつね》に化かされたような顔で庵助をまじまじと見つめた。いつの間にか甚兵衛の亭主も板場から出て来ていた。他の客も庵助のいる小上がりを取り囲む形で話を聞いていた。

「ば、馬鹿言っちゃいけませんよ。芝口から神田のお玉ヶ池と言や、三十町はありますよ。あんちゃん、そこまで雨戸に摑まって凧《たこ》みたいに飛んだとおっしゃるんですか？」

備前屋の言うことはもっともだった。庵助の話が本当ならそういうことになるのだ。甚兵衛の聞いていた連中もそんなことはあるはずがないと気づき、頭を元に戻した。甚兵衛の亭主も板場に引っ込んだ。

「あんちゃん、いい加減な話はなしですよ」

菊次郎は庵助を窘《たしな》めた。本当ですって、本当。庵助はやけに言葉に力を込めたが、もう誰も相手にしなかった。桂順だけは「あんちゃん空を飛ぶの図ですか。いや、愉快、愉快」と掌《て》を叩いた。信用されなかった庵助は憮然《ぶぜん》として盃の酒を立て続けに呷《あお》った。

そこへ、珍しく、なり田屋常吉が姿を現した。甚兵衛のお内儀《かみ》は如才なく、小上がりに菊次郎が来ていることを告げた。

「これはこれはお舅《とう》さん、お珍しい。よろしかったらご一緒にどうですか?」

菊次郎はそう言って腰をずらし、常吉が座れるだけの席を作った。どういう訳か常吉の姿を見ると庵助は羽織の袖で顔を隠した。何をやっているのだろうと菊次郎が思う間もなく、常吉の形相が変わり、桂順の隣りに座っていた庵助の襟首を、その長い腕を伸ばして摑まえた。

「こいつッ!」

庵助は小上がりから土間に引き摺《ず》り下ろされた。

常吉は激昂したまま庵助の頬を一つ、二つと張った。桂順が慌てて常吉の後ろへ回り、羽交い締めするようにして止めた。

「先生、離して下さい」

常吉はもがいた。しかし、桂順の力は強かった。

「なり田屋さん、落ち着いて下さい。他のお客さんの迷惑になります」

「あんちゃん、うちのお舅さんに何をしたんだ？　え？」

菊次郎も土間に倒れている庵助に手を貸して訊いた。いつもはお喋《しゃべ》りの庵助が、その時だけ俯《うつむ》いて一言も喋らなかった。

ようやく桂順が常吉の手を離すと、常吉は羽織の襟を直しながら「何度言ったらわかるんだ、この辺をうろうろしちゃならないと、あれほど口を酸っぱくして釘《くぎ》を刺したのに。お前はわたしをどこまで虚仮《こけ》にすれば気が済むんだ」と、庵助に吐き捨てた。

「なり田屋さん、もうそれぐらいで勘弁してやって下さいな。この人だって悪気がある訳じゃない。嫁に行った妹のことが心配で来ているんだから」

善兵衛がいなすように常吉に言った。

「え？」

菊次郎は驚いて善兵衛と常吉の顔を交互に見た。嫁に行った妹というのは、誰のことだろう。もしかして、おかね？　すると、目の前のこの男は……様々な思いがいっぺんに菊次郎の頭の中を駆け巡り、訳がわからなくなった。善兵衛は庵助の素性をとっくに承知していたらしい。

「なり田屋さん、菊ちゃんに本当のことを話してやって下さいよ。もう、あらかたばれてしまったんだし……」

善兵衛がそう言うと、常吉の顔が苦渋に歪《ゆが》み、噴き出すように涙が流れた。常吉はあろうことか土下座して菊次郎に詫びた。

「堪忍《かんにん》してくれ、菊次郎さん。こいつはわたしの息子なんだ。何をやらしても駄目駄目駄目の男で、わたしはとっくの昔に勘当したんだ。おかねに、こんな兄がいるとわかったら、ただでさえ縁遠い娘の縁が、ますますなくなる。それで、これを限りと手切れ金を渡したというのに、それをすぐに遣い果たして、このていたらく。死ね、お前のような者は大川にドブンと身を投げて、死ねばいいんだ」

常吉は口汚く罵《ののし》った。そうか、おかねを訪ねて来た母娘は庵助の女房と娘だったのかと菊次郎は合点がいった。

「お舅さん、手を上げて下さいよ。わたしはお舅さんにそうまでされる覚えはありませんよ。お舅さんはわたしをどれほどの男と思っているんです？　わたしだって親父が倒れるまで浮かれ暮していた口ですよ。とてもあんちゃんを笑うことなんて、できゃしない。あんちゃんがおかねの兄と知ったからって、わたしがおかねに邪険にするとでも思ったんですか？　それはお舅さん、了簡が狭い。わたしはこれでも丁子屋の跡取りだ。

そういうことに拘《こだわ》るようじゃ、店の主は張れませんよ」

「菊ちゃん！」

善兵衛が妙に甲高い声を上げた。善兵衛は嬉し涙に眼をしばしばさせていた。常吉もくうっと袖で顔を覆った。

「安心しましたよ、あたくしは……」

庵助は、ようやく、ぽつりと言った。

「おかねはたった一人の可愛い妹だ。女房や娘にもよくしてくれる。ところがお面の悪いのだけは玉に瑕《きず》。そんなおかねを女房にしようという奴は、きっとろくな者じゃない。必ず下心があるはずだ。案の定、お父っつぁんはおかねの嫁入りについて金をつけている。その金を手に入れた暁には何んの彼《か》んのと難癖をつけて、おかねを離縁する魂胆じゃなかろうか。婿殿は他の女が放って置かない、なよっとした男前。あたくしは、いよいよおかねが心配で心配で……でも、もう、よっくわかりました。金輪際、おかねの周りも婿殿の周りもうろちょろ致しません。誓います、誓いますとも」

庵助はきっと顔を上げると、きっぱりと言った。

「何もそこまでおっしゃることはありませんよ、ねえ、ご隠居？」

備前屋が取り繕うように善兵衛に言った。

善兵衛もうんうんと肯いている。

「去《い》ね、早く去ね」

常吉は庵助の顔を見ずに低い声で言った。

立ち上がった庵助は周りの者に深々と頭を下げて甚兵衛を出て行った。

追い掛けようとした菊次郎を常吉が止めた。

「よしなさい。下手に同情すれば、あいつはそれにつけ込む。災いの元だ。このままにした方が身のためだ」

常吉はそう言った。桂順は常吉の着物の裾を払ってやると、小上がりに促し、酒を注文した。

「飲みましょう、なり田屋さん。今夜はとことん……」

桂順はわざと朗らかな声を上げた。

「飲もう、飲もう、お舅さん」

菊次郎も景気をつけた。

ようやく甚兵衛に、いつもの喧噪が戻って来た頃、店の戸が細めに開いた。風を感じて菊次郎が振り向くと、戸は閉じた。だが、また開く。

庵助だろうか。菊次郎は気になって履物を突っ掛けると入口に向かい、勢いよく戸を開けた。

「与四兵衛！」

表に与四兵衛が気後れした顔で立っていた。

「何してる、お入りよ。皆んなも来ているよ」

「菊ちゃん、この間は勘弁してくれ。あちき、どうかしていたから……」

「気にしていないよ。お前がいなけりゃ寂しくて仕方がなかった」

「本当かい？」

与四兵衛は子供のような口調で訊いた。

「ああ、本当さ。与四兵衛はわたしのいっち大事な友達だ」

思いの外、素直な言葉が出た。それは庵助とのやり取りがあったからだと菊次郎は思う。妹思いの庵助の気持ちが滲《し》みていた。

「菊ちゃん！」

感激した与四兵衛の眼が潤《うる》んだ。それを見ない振りで菊次郎は店の中に促した。

その夜、甚兵衛は明け方まで賑わいが衰えず、翌日、小上がりにいた者は二日酔いの憂き目を見た。

六

あんちゃんは本当の兄《あん》ちゃんだったと菊次郎は思う。庵助は本名を安太郎《やすたろう》と言った。

なり田屋を継ぐことになっている鉄蔵《てつぞう》の兄に当たった。家の商売を嫌って噺家を修業したがものにならず、すぐに戻って来た。しかし、諦めて商売に身を入れるかと思えば、これがさっぱりで、心《しん》ノ臓《ぞう》の薬を買いに来た客に血の道の薬を売ったり、腹下しの薬の代わりに便秘の薬を渡したりと、とんでもない間違いばかりをしでかす。その内にまた、ふっと家を飛び出し、今度は幇間《ほうかん》の真似事を始める。

女房のおとしは庵助のうまい口にほだされて一緒になり、娘を産んだが、そんな庵助では暮しがなり立つ訳もなかった。

おとしに小間物屋を開かせたのは常吉である。あんな男はあてにするなと言った。おとしはあい、と応えて、以後、庵助を傍には寄せつけなかったのだが、いつの間にか隣りの裏店を借りて、庵助はちゃっかり住んでいたのである。

薬研堀界隈《かいわい》で、それから本当に庵助の姿を見掛けなくなった。庵助のことを知った菊次郎は、おかねに遠慮せずにおとしと娘のおちよを丁子屋に遊びに来させなさいと言った。

おかねは嬉し涙に咽《むせ》んだ。おかねの泣き顔のひどさもあるものではなかったが。

しかし、ひどい、ひどいと言いながら、菊次郎は見ようによって、おかねを可愛いと感じることもあった。化粧がうまく行ったり、涼し気な単衣《ひとえ》がよく似合う時などである。

それに比べて、美人で評判のお龍が、つわりで青白い顔をしているのを見ると、やけに醜《みにく》く感じられた。人は勝手なものだと菊次郎は胸で独りごちた。

おとしの話では、庵助は、またふらっと塒《ねぐら》を出て行方知れずになってしまったという。品川の宿《しゅく》で見掛けた者もいたので、どうやら、そちらにいるようだ。おとしはさして心配している様子でもなかった。

風が強い日、菊次郎は決まって庵助を思い出した。雨戸を押さえて、そのまま風に飛ばされ、芝口から神田まで行ったという庵助を。

菊次郎は雨戸に摑まり、悠々と空を飛ぶ庵助の夢を何度か見た。夢の中の庵助は滅法界、楽しそうだった。菊次郎は自分もそうしたいと願い、手を伸ばす。だが、空にいる庵助はなぜか、いつも首を振って菊次郎を拒むのだった。

解説

ペリー荻野

人はしばしば「素直でかわいい」ことを求められる。特に女子は小さいころから、ちょっとすねたまねをすれば「お前はちっとも素直じゃない」と言われ、長じても「お前は小さい頃から変わり者で、ひねていた」などと言われ続けるのである。てなことをすまして書いてる私も、実は典型的な〃素直じゃない系〃。三歳にして七五三の晴れ着が窮屈でかなわんとわめき、大好きないとこをゲームでこてんぱんにして泣かせてしまう。親戚が集まる新年会や法事で撮った写真では、いつも思いっきりぶすーっとしている。我ながら可愛げのない性格である。

しかし、本書を読めば、「人間、素直でかわいいだけじゃ、面白くもなんともない」ということがよくわかる。性格だって多少凸凹《でこぼこ》しているくらいがちょうどいいじゃないかと思えてくる。素敵な物語ばかりだ。

六本の連作のうち、表題作でもある「おちゃっぴい」の主人公は、浅草、御蔵前で札差を営む駿河屋の娘お吉だ。そのわがままぶりは相当で、母が亡くなった席で人に励まされれば「死んだ者の傍にいたって何んになる」と外に飛び出し、父が後添えをもらえば白造りの相手の顔を「のっぺらぼう」と口走る。挙句は好きでもないのに「火消しの男がいい」と言ったり、心優しい男との縁談を嫌って家出する。

面白いのは、たまたまお吉を拾って、一日だけつきあってくれたのが、菊川英泉という若い絵師で、彼もまたかなりの〝素直じゃない〟男だったこと。かの画狂人・葛飾北斎の娘で、絵師でもある出戻り娘お栄に気がある様子なのだが、お吉に「惚れているね？」と見破られると、「おきゃあがれ。おいら、あんな女、大嫌ぇだ」と、即答するようなやつなのだ。が、その一方で、英泉は、お栄が出戻った真意を推し量ってもいる。世間では、本画を目指す亭主の絵を、お栄が「拙《まず》い」と言ったために不縁になったと言われている。お吉は「勇ましいの、すてきだの」と感動するが、実際は父北斎の面倒を見るために、「あの人が泣かずに戻って来る方法だったのよ」と英泉は語るのである。

誰も彼も素直じゃない。心配りも優しさも人一倍だからこそ、言えない言葉も出せない態度もあるのだ。

お吉のたった一日の冒険は、まるで「不思議の国のアリス」。ファンタジーである。作者はこのファンタジーを描きたかったに違いない。夢の世界は、見事に消えてなくなる。その鮮やかさが心地いい。

なお、「富嶽三十六景」「北斎漫画」などで知られる葛飾北斎（一七六〇？―一八四九）が引越し好きだったのは有名で、一説に転居歴は生涯で九十三回。一日に三回引っ越したこともあるといわれる。その理由は、お栄ともども絵を描くことに集中し、あまりに汚れるので新しい場所が必要になるというもの。徹底しているのである。お栄は、北斎の三女で、画号は「葛飾応為」。北斎がお栄のことを「おーい、おーい」と呼んだことから「応為」という画号がついたとの説があり、父娘ふたり、ひたすら絵に没頭する日々だったことが伝わる。

「れていても」もまた、じれったくもあたたかいストーリーである。薬種問屋「丁子屋」の若旦那菊次郎は、二十歳の「なよっとした男振り」で、商売には身が入らず、湯屋「人参湯」の二階でうだうだと世間話をしているのが大好き。しかし、父親が倒れ、フタを開けてみれば、内所は火の車。その借財をしのぐために、持参金目当てで、近所でも評判の「へちゃむくれ」のなり田屋のおかねを嫁にすることになった。しかし、菊次郎には、片思いの女お龍がいて、一度は思いを告白したいと決心するのである。

この物語の肝は、湯屋に集う人々の言いたい放題だ。おかねのへちゃむくれぶりが憂鬱な菊次郎にご隠居はこう諭す。

「商家の跡取りなんざ、そんなものだ。誰もが好きな女と一緒になれるとは限らない。早い話、わしも菊蔵さんも目を瞑《つむ》って祝言を挙げた口だ」

「へえ、その割にご隠居、五人も子供を作ったのはどういう理屈なんです？　目を瞑っている内にできたなんてのは聞きませんよ」

「まあまあ。それはそれ、これはこれ」

庶民の日常などは「それはそれ」でおさまってしまうものなのだろう。ふらふらとしていても、飯には困らない菊次郎などは大変恵まれたご身分なのである。

ところが、お龍を巡っては、意外すぎる展開が待ちうけ、ヒートアップしていた菊次郎は、すっかり空振りすることになってしまう。なかなか素直になれなかった男と女がもう一組。紆余曲折あっても、おさまるところにおさまることが、一番幸せなのである。菊次郎もまた、ご隠居のように「それはそれ」を悟るのだ。

「概《おおむ》ね、よい女房」は、痛快な話である。

夜中に長屋に引っ越してきた変わり者の夫婦。夫は実相寺《じっそうじ》泉《せん》右衛《え》門《もん》という痩せた男で、言動が浮世離れしている。その年の離れた妻おすまは、色は浅黒く恰幅もいい。物怖じしない性格で、他人のこどもも平気で叱り飛ばす。井戸の傍らの下水辺りに飯粒や野菜屑《くず》が捨てられていれば「誰だろうねえ、こんな所にものを流す奴は。溝が詰まってしまうじゃないか。これで大雨でも降ったら水が溢《あふ》れて、目も当てられないよ。ふんとにもう……」と憎々しげに言う。

おすまの言ってることは正論だ。だが、みんながなあなあでおさめてきたことをいちいち糾弾するおすまは、長屋の平和を壊す異分子として、嫌われる。作者が鋭いのは、江戸の生活のにおいがぷんぷんするリアルさを持つ時代小説の中に、巧みに現代性を織り込んでいる点である。おすまのような存在は、現代にも確かにいる。空気を読むとか、なれあいになるとかいうことを嫌い、まっすぐ理屈を通す。そういう人の清々しさ、心のうちに触れることは、今も昔も簡単ではない。しかし、作者は会心の一打を放つごとく、見事におすまと長屋の連中との対立を解決してみせる。晴れやかで、気持ちがいい。オチのダジャレも最高だ。

「驚きの、また喜びの」も、現代にそのまま通じる男親の心情譚。十手をあずかるこわもておやじの伊勢蔵が、娘小夏の嫁入りを巡って、意地を張ったり、怒ってみたり。まるで、こどものようである。だが、もしも自分が伊勢蔵の立場だったら、ふたつ返事で可愛い娘を「はい、そうですか」と差し出すことは、とても出来ない。泣き笑いの中に、どうしようもない親の心が綴られ、つんとくる。

「あんちゃん」は、「れていても」の続きの物語。無事、へちゃむくれのおかねちゃんを嫁にした菊次郎。相変わらず、湯屋の二階でうだうだしていると、噺家のようなお調子者「あんちゃん」と知り合う。どこかわけありなあんちゃんの正体が明かされるとき、菊次郎は、男としてひとつおとなになるのである。

それにしても、感心するのは、作者の言語感覚の奥深さだ。「れていても」にしても「あんちゃん」にしても、作者ならではの言葉遊びが仕込まれ、脳をくすぐられる。

「ば、馬鹿言っちゃいけませんよ。芝口から神田のお玉ヶ池と言や、三十町はありますよ。あんちゃん、そこまで雨戸に摑まって凧《たこ》みたいに飛んだとおっしゃるんですか？」

「あんちゃん、いい加減な話はなしですよ」

「あんちゃん空を飛ぶの図ですか。いや、愉快、愉快」

登場人物の言葉もしゃれっ気と勢いにあふれ、イキイキしている。読者は、ころころと転がる言葉の勢いにのって、湯屋の二階に同席しているような気分になるのだ。

辛い話にはどこかに甘さを。湿っぽい話はからっと読ませる。作者もまた「素直」とは一味違う価値観で世の中を見つめ、表現しているのだと、よくわかる。この連作が、デビュー間もないころの作品と知れば、作者の力量も察せられるというものだ。


六作のうちの一本目。「町入能《まちいりのう》」を解説の最後に持ってきたのには、私に個人的な思いいれがあったからである。

舞台は、江戸のありきたりの長屋。そこに暮らす大工の初五郎は、いつかお城の中に入ってみたいと考えている。そこに町人が城内で鑑賞できるという「町入能」の誘いが。

うきうきとする初五郎。しかし、肝心の「能」が何かわからないので、唯一知識がありそうな浪人・花井久四郎にレクチャーを受ける。以前は、りっぱな藩士だった花井は、妻のみゆきともども長屋生活にとけこみ、慕われている人物だ。

寸足らず、柄違いのおかしな格好で城に繰り出す長屋の面々の様子は、落語の「長屋の花見」を思わせるが、酒も肴も「あるつもり」の落語とは違い、ここでは城は本物、お能も本物。ついでに弁当も本物である。初五郎は興奮を隠せない。そんな中、城中で、花井は旧知の人物と再会し、新たな人生を歩みだす。

私には、この話が同類の集まりの中に、ふと吹き込んだ不思議な風を描いているように思えた。そして、同時に私にも同じような経験があったことを思い出したのである。

代々職人の家系で育った私の家に唐突に現れた長身の男子。それは妹の夫になる人で、バリバリの理系青年。りっぱな会社勤めだという。起きる時間も寝る時間も適当、金があるときはあって、ないときはないという日銭生活の我が一族にいると、彼はものすごく特殊な存在だった。しかし、りきむ様子もなく、私たちと同じものをにこにこと食べ、「今まで観たこともなかった」という二時間ドラマや歌舞伎も愛するようになった。そのお返しにと、私たちには難しかった最新パソコンの技術をすいすいと教えてくれる。お能について気さくに教えてくれる花井さんと重なってみえる。

しかし、ある日突然、彼はこの世から風のように旅立ってしまった。

人との出会いは決して偶然ではなく、必然なのだと私は思う。それは別れも同じことで、必ずやってくる別れまで、その縁を大事にしなければもったいない。それは、平均寿命が今よりうんと短かった江戸では、切実であったに違いない。

花井夫婦の旅立ちの日、長屋の連中は、旅立つふたりを笑顔で送り出す。初五郎だけがふて寝して見送りにも行かなかった。義弟を見送る日も、私の父はやたら機嫌が悪く、周囲は手を焼いた。悲しい、さびしいと素直に言えない男は、こうでもするしかないのである。

花井さんからは、その後も長屋に便りがあり、まもなく子も生まれるという。便りがあることがうらやましい。

（時代劇研究家）

単行本　一九九九年十二月徳間書店刊
本書は「おちゃっぴい　江戸前浮世気質」
（二〇〇三年五月刊、徳間文庫）の二次文庫です。

文春文庫

江《え》戸《ど》前《まえ》浮《うき》世《よ》気質《かたぎ》

おちゃっぴい

定価はカバーに表示してあります

2011年1月10日　第1刷

著　者　宇《う》江《え》佐《ざ》真《ま》理《り》

発行者　村上和宏

発行所　株式会社 文藝春秋

東京都千代田区紀尾井町 3-23　〒102-8008
TEL 03・3265・1211
文藝春秋ホームページ　http://www.bunshun.co.jp

落丁、乱丁本は、お手数ですが小社製作部宛お送り下さい。送料小社負担でお取替致します。

印刷・凸版印刷　製本・加藤製本

Printed in Japan
ISBN978-4-16-764013-2

海老沢泰久
青い空
幕末キリシタン類族伝（上下）
幕末期を生きたキリシタン類族の青年の、あまりにも数奇な運命。数多くの研究書・史料を駆使し、「日本はなぜ神のいない国になったのか」を問いかける傑作時代小説。（髙山文彦）
え-4-12

逢坂　剛
道連れ彦輔
なりは素浪人だが、歴とした御家人の三男坊・鹿角彦輔。彦輔に道連れの仕事を見つけてくる藤八、蹴鞠上手のけちな金貸し・鞠婆など、個性豊かな面々が大活躍の傑作時代小説。（井家上隆幸）
お-13-13

乙川優三郎
椿山
城下の子弟が集う私塾で知った身分の不条理、恋と友情の軋み。下級武士の子・才次郎は、ある決意を固める。生きることの切なさを清冽に描く表題作など、珠玉の全四篇を収録。（縄田一男）
お-27-1

乙川優三郎
生きる
亡き藩主への忠誠を示す「追腹」を禁じられ、白眼視されながら生き続ける初老の武士。懊悩の果てに得る人間の強さを格調高く描いた感動の直木賞受賞作など、全三篇を収録。（縄田一男）
お-27-2

乙川優三郎
冬の標《しるべ》
維新前夜。封建の世のあらゆるしがらみを乗り越えて、南画の世界に打ち込んだ一人の武家の女性。真の自由を求めて葛藤し成長する姿を描ききった感動の長篇時代小説。（川本三郎）
お-27-3

海音寺潮五郎
剣と笛
歴史小説傑作集
著者が世を去って四半世紀。残された幾多の短篇小説の中から、選りすぐった傑作を再編集。加賀・前田家二代目利長と家臣たちの姿を描く「大聖寺伽羅」「老狐物語」など珠玉の歴史短篇集。
か-2-40

海音寺潮五郎
戦国風流武士　前田慶次郎
戦国一の傾き者、前田慶次郎。前田利家の甥として幾多の合戦で武功を挙げる一方、本阿弥光悦と茶の湯や伊勢物語を語る風流人でもあった。そんな快男児の生涯を活写。（磯貝勝太郎）
か-2-42

（ ）内は解説者。品切の節はご容赦下さい。

海音寺潮五郎
天と地と（全三冊）
戦国史上最も戦巧者であり、いまなお語り継がれる武将・上杉謙信。遠国の越後でなければ天下を取ったといわれた男の半生と、宿敵・武田信玄との数度に亘る川中島の合戦を活写する。
か-2-43

海音寺潮五郎
日本名城伝
各地の城にまつわる興味深い史話を著者の史眼で再構成。熊本、高知、姫路、大阪、岐阜、名古屋、富山、小田原、江戸、会津若松、仙台、五稜郭の十二城を収録。（山本兼一）
か-2-47

海音寺潮五郎
悪人列伝 近世篇
日野富子、松永久秀、陶晴賢、宇喜多直家、松平忠直、徳川綱吉。綱吉は賢く気性も優れていながら、五代将軍となったが故に、後世の誹《そし》りを受ける。人間分析がみごと。（岩井三四二）
か-2-50

海音寺潮五郎
寺田屋騒動
幕末、伏見の寺田屋。長州と手を携え、クーデターを謀る薩摩誠忠組の動きに激怒した藩父久光は使者を送り、暴挙を中止させようと試みるも、遂に朋友相討つ惨劇が起きる。（磯貝勝太郎）
か-2-52

海音寺潮五郎
武将列伝 戦国爛熟篇
夢を摑んだ徳川家康、見果てぬ夢を見た明智光秀、御家再興を夢見た山中鹿之介、天下統一を秀吉に託した竹中半兵衛など、戦国の世を駆け抜けた七人の武将が登場する。
か-2-55

加藤　廣
信長の棺（上下）
消えた信長の遺骸、秀吉の中国大返し、桶狭間山の秘策——。丹波を訪れた太田牛一は、阿弥陀寺、本能寺、丹波を結ぶ〝闇の真相〟を知る。傑作長篇歴史ミステリー。（縄田一男）
か-39-1

加藤　廣
秀吉の枷（全三冊）
「覇王（信長）を討つべし！」 竹中半兵衛が秀吉に授けた天下取りの秘策。異能集団〈山の民〉を伴い天下統一を成し遂げ、そして病に倒れるまでを描く加藤版「太閤記」。（雨宮由希夫）
か-39-3

風野真知雄
耳袋秘帖 妖談うしろ猫
名奉行根岸肥前守のもとに、伝次郎が殺されたとの知らせが入る。下手人と目される男は「かのち」の書き置きを残して、失踪していた。江戸の怪を解き明かす「耳袋秘帖」新シリーズ第一弾。
か-46-1

北方謙三
杖下《じょうか》に死す
剣豪・光武利之が、私塾を主宰する大塩平八郎の息子、格之助と出会ったとき、物語は動き始める。幕末前夜の商都・大坂を舞台に至高の剣と男の友情を描ききった歴史小説。（末國善己）
き-7-10

北原亞以子
恋忘れ草
女浄瑠璃、手習いの師匠、料理屋の女将など江戸の町を彩るキャリアウーマンたちの心模様を描く直木賞受賞作。表題作の他、「恋風」「男の八分」「後姿」「恋知らず」など全六篇。（藤田昌司）
き-16-1

北原亞以子
昨日の恋 爽太捕物帖
鰻屋「十三川」の若旦那爽太には、同心朝田主馬から十手を預かるという別の顔があった。表題作のほか「おろくの恋」「雲間の出来事」「残り火」「終りのない階段」など全七篇。（細谷正充）
き-16-2

北原亞以子
埋もれ火
去っていった男、残された女。維新後も龍馬の妻として生きたお龍。三味線を抱いて高杉晋作の墓守を続けるうの。幕末の世を駆け抜けて行った志士を愛した女たちの胸に燻る恋心の行く末。
き-16-4

北原亞以子
妻恋坂
人妻、料理屋の女将、私娼、大店の旦那の囲われ者、居酒屋の女主人など、江戸の世を懸命に生きる女たちの哀しさ、痛ましさを艶やかに描いた著者会心の短篇全八作を収録。（竹内　誠）
き-16-5

北　重人
夏の椿
柏木屋が怪しい。田沼意次から松平定信へ替わる頃、甥の定次郎が殺された原因を探る周乃介の周囲で不穏な動きが——。確かな時代考証で江戸の長屋の人々を巧みに描く。（池上冬樹）
き-27-1

（　）内は解説者。品切の節はご容赦下さい。

北 重人
蒼火《あおび》
江戸で相次ぐ商人殺し。彼らは皆、死の直前にまもなく大きな商いが出来そうだと話していた。何かに取り憑かれたように人を殺《あや》め続ける下手人とは。大藪春彦賞受賞作。（縄田一男）
き-27-2

北 重人
白疾風《しろはやち》
金鉱脈に、埋蔵金？　武蔵野の谷にひっそりと暮らす村をめぐって、風魔などが跳梁する。昔、伊賀の忍びとして活躍した三郎は、自分の村を守るため村人と共に闘う。（池上冬樹）
き-27-3

黒岩重吾
落日の王子 蘇我入鹿（上下）
政治的支配者・皇帝と、祭祀の支配者・大王の権威を併せもつ地位への野望に燃える蘇我入鹿が、大化の改新のクーデターに敗れ去るまでを克明に活写する著者会心の大作。（尾崎秀樹）
く-1-19

黒岩重吾
聖徳太子 日と影の王子（全四冊）
恋にあこがれ、政争を忌みながらも、大臣蘇我馬子の圧力をはねのけつつ着々と理想国家建設にはげむ厩戸皇子。その赤裸の実像を雄大なスケールで描く古代史小説の白眉。（尾崎秀樹）
く-1-23

黒岩重吾
鬼道《きどう》の女王 卑弥呼（上下）
中国から帰還した倭人の首長の娘ヒミコは、神託を受け乱世の倭国の統一に乗り出した。「鬼道《きどう》に事《つか》え、能《よ》く衆《たみ》を惑わす」謎の女王の生涯を通して、古代史を鮮やかに描きだす。（清原康正）
く-1-33

黒岩重吾
ワカタケル大王（上下）
五世紀後半の倭《わ》国を舞台に、武力と情報戦略をもって反対勢力の豪族らを滅ぼし、中央集権国家を築いた英雄ワカタケル大王の波乱の生涯を描く黒岩古代史ロマン文学の傑作。（重里徹也）
く-1-36

久世光彦
逃げ水半次無用帖
幻の母よ、何処？　過去を引きずり、色気と憂いに満ちた絵馬師・逃げ水半次が、岡っ引きの娘のお小夜と挑む難事件はどれも哀しく、美しい。江戸情緒あふれる傑作捕物帖！（皆川博子）
く-17-3

五味康祐
剣法奥儀
剣豪小説傑作選
武芸の各流派には、それぞれ奥儀の太刀がある。美貌の女剣士、僧門の剣客などが激突。太刀合せ知恵比べが展開された各流剣の秘術創始にかかわる戦慄のドラマを流麗に描破。（荒山　徹）
こ-9-12

五味康祐
柳生武芸帳（上下）
散逸した三巻からなる「柳生武芸帳」の行方を巡り、柳生但馬守宗矩たちと、長年敵対関係にある陰流・山田浮月斎一派が繰り広げる死闘、激闘。これぞ剣豪小説の醍醐味！（秋山　駿）
こ-9-13

堺屋太一
豊臣秀長
ある補佐役の生涯（上下）
豊臣秀吉の弟秀長は常に脇役に徹したまれにみる有能な補佐役であった。激動の戦国時代にあって天下人にのし上がる秀吉を支えた男の生涯を描いた異色の歴史長篇。（小林陽太郎）
さ-1-14

佐木隆三
小説　大逆事件
明治四十三年、明治天皇の暗殺を企てたとして政府は大量の社会主義者を検挙、翌年幸徳秋水を含む十二名を「大逆罪」で処刑した。新資料を駆使し著者が事件の闇に鋭く迫る。（朝倉喬司）
さ-4-15

佐藤雅美
八州廻り桑山十兵衛
関八州の悪党者を取り締まる八州廻りの桑山十兵衛は男やもめ。事件を追って奔走するなか、十兵衛が行きついた、亡き妻の意外な密通相手、娘の真の父親とは――。（寺田　博）
さ-28-1

佐藤雅美
官僚川路《かわじ》聖謨《としあきら》の生涯
幕末――時代はこの男を必要とした。御家人の養子という底辺から勘定奉行にまで昇りつめ、幕末外交史上に燦然とその名を残した男の厳しい自律と波瀾の人生を描いた渾身の歴史長篇。
さ-28-2

佐藤雅美
縮尻《しくじり》鏡三郎（上下）
有能であるが故に勘定方から仮牢兼調所でもある大番屋の元締に左遷された鏡三郎が、侍から町人、果ては将軍から持ち込まれる難問を次々と解決。江戸の暮らしぶりを情感豊かに描く。
さ-28-5

（　）内は解説者。品切の節はご容赦下さい。

佐藤雅美
大君の通貨　幕末「円ドル」戦争
幕末、鎖国から開国へ変換した日本は否応なしに世界経済の渦に巻込まれていった。最初の為替レートはいかに設定されたのか。幕府崩壊の要因を経済的側面から描き新田次郎賞を受賞。
さ-28-7

佐藤雅美
信長　（上下）
信長は突然変異のようにこの世に出現したのではない。曾祖父、祖父、父と三代にわたる血の結晶であり、信長は生まれながらにして天下人たるに必要な資質をそなえていたのであった。
さ-28-10

佐藤雅美
浜町河岸の生き神様　縮尻鏡三郎
江戸、八丁堀近くの「大番屋」の元締・鏡三郎のもとには、欲と欲が突っ張りあう金公事《かねくじ》から心中死体の後始末まで、よろず相談事が持ち込まれる。人気シリーズ第三弾！　（関川夏央）
さ-28-15

酒見賢一
周公旦
太公望と並ぶ周の功労者で、孔子が夢にまで見たという至高の聖人周公旦。弱肉強食の権力闘争から古礼、巫術の魔力まで、古代中国のロマンがいま甦る。新田次郎文学賞受賞。　（末國善己）
さ-34-2

酒見賢一
泣き虫弱虫諸葛孔明　第壱部
口喧嘩無敗を誇り、自分をいじめた相手には火計（放火）で恨みを晴らす、なんともイヤな子供だった諸葛孔明。新解釈にあふれ、無類に面白い酒見版「三国志」、待望の文庫化。　（細谷正充）
さ-34-3

司馬遼太郎
竜馬がゆく　（全八冊）
土佐の郷士の次男坊に生まれながら、ついには維新回天の立役者となった坂本竜馬の奇跡の生涯を、激動期に生きた多数の青春群像とともに大きなスケールで描く永遠の傑作青春小説。
し-1-67

司馬遼太郎
坂の上の雲　（全八冊）
松山出身の歌人正岡子規と軍人の秋山好古・真之兄弟の三人を中心に、維新を経て懸命に近代国家を目指し、日露戦争の勝利に至る勃興期の明治をあざやかに描く大河小説。　（島田謹二）
し-1-76

司馬遼太郎
菜の花の沖
（全六冊）
江戸時代後期、ロシア船の出没する北辺の島々の開発に邁進し、日露関係のはざまで数奇な運命をたどった北海の快男児、高田屋嘉兵衛の生涯を克明に描いた雄大なロマン。（谷沢永一）
し-1-86

司馬遼太郎
世に棲む日日
（全四冊）
幕末、ある時点から長州藩は突如倒幕へと暴走した。その原点に立つ吉田松陰と、師の思想を行動化したその弟子高杉晋作を中心に変革期の人物群を生き生きとあざやかに描き出す長篇。
し-1-105

柴田錬三郎
柴錬立川文庫（一）
猿飛佐助
真田十勇士1
猿飛佐助は武田勝頼の落し子だった。戸沢白雲斎に育てられ、忍者として真田幸村の家来となり、日本中を股にかけての大活躍。美女あり豪傑あり、決闘あり淫行ありの大伝奇小説。
し-3-1

柴田錬三郎
柴錬立川文庫（二）
真田幸村
真田十勇士2
家康にとって最も恐い敵は幸村だ。佐助をはじめ霧隠才蔵、三好清海入道たちが奇想天外な働きで徳川方を苦しめる。後藤又兵衛、木村重成も登場して、大坂夏の陣へと波乱は高まる。
し-3-2

柴田錬三郎
徳川三国志
駿河大納言忠長、由比正雪、根来衆をあやつり、三代将軍家光を倒そうとする紀伊大納言頼宣と、伊賀忍者を使って必死に阻止する松平知恵伊豆守。壮麗なる寛永時代活劇。（磯貝勝太郎）
し-3-12

白石一郎
海狼伝
対馬で育った少年笛太郎が、史上名高い村上水軍の海賊集団に加わり、〃海のウルフ〃として成長していく青春を描きながら、海賊の生態をみごとに活写した直木賞受賞の名作。（尾崎秀樹）
し-5-5

白石一郎
蒙古の槍
孤島物語
蒙古兵の槍で孫の恨みを晴らそうとする老人の執念をあざやかに描く表題作ほか、「人名の墓」「巨船」「長すぎた夢」「三十人目の女」「鉄砲修業」「献上博多」の全七篇を収録。（秋山　駿）
し-5-7

（　）内は解説者。品切の節はご容赦下さい。

白石一郎
戦鬼たちの海
織田水軍の将・九鬼嘉隆
志摩の土豪から身を起こした九鬼嘉隆は織田信長の知遇を得て運命がひらけた。織田水軍の総大将として海戦に明け暮れた戦国大名の数奇な人生を描く柴田錬三郎賞受賞作。（縄田一男）
し-5-13

白石一郎
風雲児（上下）
シャムに渡ってアユタヤの日本人町の頭領となった山田長政は内戦の鎮圧が国王に認められて宮廷の武将としての頂点に立った。異国で波瀾の生涯を送った男の夢と冒険を描く。（縄田一男）
し-5-18

白石一郎
海のサムライたち
日本人よ、海に熱くなれ。かつてこの島国には海のサムライたちがいた。古代の海賊王・藤原純友から、蒙古襲来、織田水軍、山田長政……英雄たちの生涯を、愛惜をこめて描く。（川勝平太）
し-5-24

白石一郎
島原大変
寛政四（一七九二）年、大噴火とそれに続く地震と津波によって、島原藩の城下町は壊滅した。大自然の猛威に戦《おのの》く人々を活写した表題作ほか全四篇を収録。（西木正明）
し-5-28

城野《じょうの》隆
一枚摺屋《いちまいずりや》
たった一枚の一枚摺のために親父が町奉行所で殺された！　何故、一体誰が？　浮かんできたのは大塩の乱。幕末の大坂の町を疾走する異色の時代小説。第十二回松本清張賞受賞作。
し-46-1

杉本苑子
一夜の客
東大寺近くの村を通りがかった若者が語る渡唐の意志。無垢な情熱は重税の世に圧せられた人々の心に灯をともす。奈良から平安、御仏と律令の時代を生きた庶民の哀歓を活写した短篇集。
す-1-26

杉本苑子
山河寂寥
ある女官の生涯（上下）
藤原一族が全力を傾けた政権奪取の権謀の明け暮れを、一門の女として生き、女官として最高の位階をきわめた藤原淑子。その六十九年に及ぶ生涯を渾身の力で描いた傑作長篇。（桶谷秀昭）
す-1-27

杉本苑子
冬の蟬
赤貧洗うがごとき貧乏旗本に、娘の縁談とわが身の昇進話が飛び込んできた！　表題作ほか、はなやかで無情な町、江戸に生きる人々の哀歓を描いた粒揃いの全八篇を収録。（山村正夫）
す-1-29

杉本章子
おすず　信太郎人情始末帖
おすずという許嫁がありながら、子持ちの後家と深みにはまり呉服太物店を勘当された信太郎。その後賊に辱められ自害したおすずの無念を晴らすため、信太郎は賊を追う。（細谷正充）
す-6-7

杉本章子
間諜　洋妾《らしゃめん》おむら（上下）
生麦事件に揺れる幕末。売れっ子芸者のおむらは薩摩藩士の恋人のために洋妾《らしゃめん》となり、英国公使館に潜入した。果しておむらは間諜（＝スパイ）として英国の動向を探ることができるのか？
す-6-9

杉本章子
火喰鳥　信太郎人情始末帖
河原崎座が火事に！　恩人を助けるために火の中に飛び込んだ信太郎は目が見えなくなってしまった。美濃屋の主人となった信太郎を助けるためにおぬいは大決心をする。（村田喜代子）
す-6-13

田辺聖子
王朝懶夢譚《おうちょうらんむたん》
内大臣の姫君・月冴に恋と冒険の季節が訪れた。小天狗の外道丸の助けを借り、医師の麻刈と語らい、東国男の晴季を誘惑し、美貌の弾正宮にときめき……ついに姫が手にした恋の結末は？
た-3-39

高橋克彦
だましゑ歌麿
江戸を高波が襲った夜、当代きっての絵師・歌麿の女房が殺された。事件の真相を追う同心・仙波の前に明らかとなる黒幕の正体と、あまりに意外な歌麿のもう一つの顔とは？（寺田　博）
た-26-7

高橋克彦
おこう紅《べに》絵《え》暦《ごよみ》
筆頭与力の妻にして元柳橋芸者のおこうが、嫁に優しい舅の左門とコンビを組んで、江戸を騒がす難事件に挑む。巧みなプロットと心あたたまる読後感は、これぞ捕物帖の真骨頂。（諸田玲子）
た-26-9

（　）内は解説者。品切の節はご容赦下さい。

高橋克彦
京伝怪異帖
稀代の人気戯作者、山東京伝が、風来山人、平賀源内、安兵衛、蘭陽らの仲間とともに、江戸の怪異を解き明かす。多彩なキャラクターが縦横無尽に活躍する痛快時代ミステリー。（ペリー荻野）
た-26-11

高橋三千綱
剣聖一心斎
千葉周作が、二宮尊徳が、遠山金四郎までが、ことごとく心服したという驚くべき剣客、中村一心斎。しかし、本人は剣の道など何処吹く風と、今日も武田信玄の埋蔵金探しに、東奔西走!?
た-34-2

高橋三千綱
暗闇一心斎
「あい、あむ、はっぴい」この言葉を毎日唱えるのだぞ。日本一強い剣豪・一心斎が帰ってきた!?　勝小吉が呆れ、男谷精一郎が憧れ、鼠小僧を顎で使う一心斎、今度の企みは一体何だ。
た-34-3

高橋義夫
狼奉行
出羽の雪深き山里に赴任した青年は深い失意の日々を送るが、策略をかわし苦難に耐え、逞しい武士に変貌を遂げていく。感動と共感の直木賞作品。「厦門《アモイ》心中」「小姓町の噂」併録。（赤木駿介）
た-36-1

高橋義夫
風魔山嶽党
時は秀吉の天下統一前夜、北条家に仕える小次郎は、〝草〟と呼ばれる陰の者。胸に秘めたる大願あれど策謀の渦に翻弄されて……。恋あり野望あり、画期的伝奇時代小説。（佐藤賢一）
た-36-3

高橋義夫
眠る鬼
鬼悠市 風信帖
歴代藩主の菩提寺に静かに暮らす鬼悠市は浮き組の足軽だが、奥山流の遣い手である鬼には、もう一つ隠された役目がある。藩の重役加納正右衛門から下された密命は――。連作時代小説。
た-36-5

高橋義夫
海賊奉行
関ヶ原で敗れ、南海に逃がれた西軍の残党たちが、国内のキリシタンや、フィリピンのエスパニア勢を糾合して、打倒徳川を企てた。陰謀粉砕の密命を受け一人の剣士が海へ飛び出した。
た-36-8

髙橋直樹
戦国繚乱
黒田如水の陰謀に散った宇都宮家。キリシタン大名大友宗麟、父との壮絶な抗争。生涯不犯を通した上杉謙信亡き後の、壮絶な跡目争い……。乱世の波間に沈んだ男たちの物語。（寺田　博）
た-43-4

髙橋直樹
霊鬼頼朝
平治の乱、壇ノ浦、平泉、鶴岡八幡宮の悲劇は四代にわたる源氏の血のなせる業なのか。なぜ鎌倉幕府は三代にして絶え、北条氏が権力を握るのか。武士の棟梁としての源氏の宿命を描く。
た-43-5

髙橋直樹
曾我兄弟の密命 天皇の刺客《しかく》
日本三大仇討ちのひとつ、曾我兄弟の仇討ちの裏には、壮絶な策略が隠されていた。頼朝と兄弟の知られざる因縁と、勝者によって闇に葬られた敗者の無念を描く長篇小説。（井家上隆幸）
た-43-6

陳　舜臣
秘本三国志（全六冊）
群雄並び立つ乱世を描く『三国志』を語るに著者に優る人なし。前漢、後漢あわせて四百年、巨木も倒れんとする時代に、天下制覇を夢みる梟雄謀将が壮大な戦国ドラマを展開する。
ち-1-6

陳　舜臣
秦の始皇帝
中国を理解しようと思えば、始皇帝を知らなければならない。何故ならば彼が中国で初めて天下を統一したからだ。統一中国の生みの親である始皇帝は二十一世紀の中国に今も生きている。
ち-1-17

津本　陽
宇喜多秀家 備前物語
太閤秀吉の寵愛を受け、五大老にのぼりつめ、加賀百万石の娘を娶る。西国の土豪、宇喜多家から出、戦国の貴公子としてならした秀家の果敢な生涯を、家の興亡とともに描く歴史長篇。
つ-4-50

津本　陽
柳生十兵衛　七番勝負
徳川将軍家の兵法師範、柳生宗矩の嫡子である十兵衛は、家光の密命を受け、諸国を巡り徳川家に仇なす者を討つ隠密の旅に出る。新陰流・剣の真髄と名勝負を描く全七話。（多田容子）
つ-4-57

文春文庫　最新刊

荒野《こうや》 12歳 僕のちいさな黒猫ちゃん
恋愛小説家の父と暮らす少女の物語。三ヶ月連続刊行の一巻目
桜庭一樹

ホーラ —死都—
神の奇蹟か、それとも罰なのか。ゴシック・ホラー長篇
篠田節子

養生所見廻り同心 神代新吾事件覚 **指切り**
書き下ろし時代小説新シリーズ登場！ 若き同心の闘いと苦悩
藤井邦夫

魔女の盟約
『魔女の笑窪』の水原が帰って来た！ 待望の続篇
大沢在昌

運命の人（三）
被告席に立つ弓成に、秘めた過去が蘇る。衝撃の逆転判決
山崎豊子

いすゞ鳴る
江戸時代のツアコン〝御師〟を描く痛快時代小説
山本一力

耳袋秘帖 **妖談さかさ仏**
根岸肥前守が江戸の怪異を解き明かす。シリーズ第四弾
風野真知雄

漂流者
シリーズ累計五十万部「——者」第六弾！
折原 一

ことばを旅する
法隆寺（聖徳太子）、五合庵（良寛）……四十八の名所旧跡
細川護熙

へび女房
維新の風に翻弄されながら生き抜く女たちの短篇集
蜂谷 涼

江戸前浮世気質 **おちゃっぴい**
札差し駿河屋の娘お吉は、数え十六、蔵前小町
宇江佐真理

知られざる魯山人
大宅賞受賞！ 決定的魯山人伝
山田 和

ひとりでは生きられないのも芸のうち
ウチダ先生と考える、結婚、家族、仕事
内田 樹

父と娘の往復書簡
稀有なる舞台人親子が交した清冽で真摯な二十四通の手紙
松本幸四郎 松たか子

日本語の常識アラカルト
『問題な日本語』の著者が、言葉の不思議を解き明かす
北原保雄

嵐山吉兆 春の食卓
芽生えの春の野菜と魚。シリーズ完結篇
徳岡邦夫 写真・山口規子

闇の傀儡師《かいらいし》 上下〈新装版〉
謎の集団・八嶽党の狙いとは？ 傑作伝奇時代小説
藤沢周平

覇者の条件〈新装版〉
日本史上十二人の名将を雄渾の筆で描き出す小説集
海音寺潮五郎

胸の中にて鳴る音あり
市井の人々の喜びと悲しみ。稀有のルポルタージュ・コラム
上原 隆

棟梁 技を伝え、人を育てる
法隆寺最後の宮大工唯一の内弟子の〝人を育てるための〟金言
小川三夫 聞き書き・塩野米松

フラミンゴの家
父はヘタレ、娘は反抗期、取り巻く女は強者揃い。傑作家族小説
伊藤たかみ